les désarrois du professeur Mittelmann

DU MÊME AUTEUR CHEZ LE MÊME ÉDITEUR

>> *Le Roman de Bolaño,* avec Gilles Marchand, 2015

Ouvrage publié sous la direction de Marc Villemain

ISBN : 978-2-37385-285-1

Dépôt légal : août 2023

Conception graphique : Sandrine Duvillier

Illustration de couverture : © Sandrine Duvillier, d'après une image de J. R. Bale/Alamy

Les Éditions du Sonneur

www.editionsdusonneur.com

les désarrois du professeur Mittelmann

Éric Bonnargent

LES ÉDITIONS DU SONNEUR

À Manon.

La vie n'est qu'un désert de jours perdus.

JOSEPH CONRAD, *LA LIGNE D'OMBRE*

Et s'il fit fausse route, c'est parce que pour certains êtres
il n'existe pas de véritable chemin.

THOMAS MANN, *TONIO KRÖGER*

2020

À LA RETRAITE, ACTE 1

5 H 45. *BORDEL*. Trente-trois années durant, deux, trois, quatre fois par semaine, il lui avait fallu se lever à 5 h 45. Trente-trois années durant lesquelles il avait grogné *bordel* en cherchant à éteindre cette satanée sonnerie. Et maintenant qu'il était à la retraite, maintenant qu'il n'avait plus à se lever, maintenant qu'il pouvait à bon droit se reposer, il se réveillait à 5 h 45, frais et dispo. Du moins autant qu'on peut l'être à soixante ans. C'est ça, être vieux : être d'attaque à l'aube, quand il n'y a plus rien à attaquer. Bientôt, il serait un de ces fossiles tirés à quatre épingles qui trottinent dans le matin froid pour faire l'ouverture des petits commerces – alors il s'amuserait du regard des travailleurs se demandant, comme lui-même se l'était demandé jadis à propos des petits vieux de la Côte d'Azur et de Brunoy, pourquoi il ne profitait pas de sa retraite pour enchaîner les grasses matinées. La réponse était évidente, mais on ne pouvait la connaître que lorsqu'on n'avait plus à se poser la question : la vie se foutait de la gueule du monde.

Elle dormait encore sur sa droite, lovée en chien de fusil, tournée vers le mur. Sa chevelure blonde nimbait son visage à la manière d'une madone raphaélique. Sa beauté était improbable, et elle était si légère dans sa nuisette de coton lapis qu'elle semblait pouvoir reposer sur le matelas sans même y laisser de marque. Peut-être l'avait-il dérangée dans son sommeil, car elle s'était retournée en esquissant un petit air boudeur et, malgré la chaleur de ce début septembre, avait remonté le drap sur ses épaules. *Mon Dieu qu'elle est belle*. Sa présence relevait du miracle. Il avait eu une drôle de vie, surmonté des moments difficiles, mais elle était là, à ses côtés, et elle emparadisait sa vie. C'était tout ce qui comptait.

Il se leva, referma la porte derrière lui, traversa le salon en évitant de faire craquer les lattes du parquet, n'alluma la lumière qu'une fois dans la cuisine. Là, il prépara le café et disposa sur la table du salon, bols, couteaux, petites cuillères, beurre, biscottes et confitures. Tout était prêt ; il se sentait aussi fiérot qu'un gamin venant de concocter le petit-déjeuner pour ses parents.

Le reflet de son corps nu dans la psyché de la salle de bains le ramena à la réalité : un homme de soixante ans, entré de plain-pied dans le purgatoire de la vieillesse. L'inspection du visage s'avéra plutôt rassurante : malgré des traits devenus incertains, creusés, les dégâts n'étaient pas encore trop humiliants. Sa peau n'était pas craquelée comme l'avait été celle de son grand-père au même âge. Même les ridules étoilées aux coins des yeux et des lèvres restaient discrètes, ne se déformant en ravines que lorsqu'il riait. Sa conversion désabusée à la cigarette électronique, quatre années plus tôt, avait eu l'effet escompté sur son teint, qui avait recouvré un peu de son incarnat originel – il n'aurait pas cette peau grise, épaisse, grenue, caractéristique des vieux fumeurs. Toujours ça de gagné. Mais elle s'était tout de même affaissée, était devenue si molle qu'il pouvait tirer sur ses bajoues comme sur un masque de latex. Les conséquences du vieillissement se remarquaient surtout à la base du cou : les chairs s'y étaient gaufrées, ainsi qu'autour des yeux qui, en se creusant, avaient provoqué l'affaissement des paupières supérieures en lourds doubles-rideaux où, par en dessous, s'étaient formées des poches aussi gondolées que des bouts de carton sous la pluie. Sa chevelure était son lot de consolation : retirée des golfes temporaux, elle était toujours là, écumeuse et ondoyante – ce n'était pas sans un certain charme. Dieu merci, la canitie l'avait emporté sur la calvitie. Définitivement, l'âge allait mieux aux hommes qu'aux femmes.

Mais voilà bien une chose désormais impossible à dire en public, fût-ce sur le ton de la plaisanterie. C'était aussi de cette triste époque qu'il se trouvait enfin retraité : une époque qu'il ne comprenait plus, où la moindre discrimination condamnait à l'anathème, où les identitarismes victimaires s'étaient multipliés (fiertés d'être femme, gay, noir, musulman, français ou quoi que ce soit d'autre, il y en avait pour tous les goûts), où le droit à la différence triomphait du droit commun. Ces dernières années, il avait dû faire face à un nombre croissant de ces revendications, spécialement à propos de religion et de sexualité. Les premières l'avaient convaincu d'étudier le Coran et la civilisation musulmane, afin d'en enseigner les rudiments à des jeunes qui, pour la plupart, invoquaient le texte sacré à tort et à travers et ne savaient rien de la culture dont ils se réclamaient avec orgueil ; les secondes l'avaient poussé à convoquer l'histoire de la sexualité pour tenter d'anéantir les clichés homophobes si profondément ancrés dans les banlieues.

L'année passée, il avait été confronté à une revendication qu'il n'avait pas imaginée, au point de le laisser totalement démuni : deux de ses élèves s'étaient réclamés de genre masculin malgré leur sexe féminin, et un autre avait affirmé être une fille bien que la génétique l'eût doté d'un pénis. Même si cette distinction entre le genre et le sexe lui avait semblé saugrenue, la souffrance de ses élèves, elle, n'était pas contestable, aussi avait-il pris soin – et prudence – de les soutenir et de les prénommer comme ils le désiraient, s'étonnant finalement davantage du choix de Théo de se faire appeler Roselyne que de son étrangeté identitaire. Non, décidément, il ne comprenait plus grand-chose à cette époque où l'effondrement des valeurs s'appesantissait d'un puritanisme qui avait fini par lisser toutes les aspérités de l'humour et de la pensée. Lorsqu'il s'en désolait, elle le taquinait en l'appelant *mon vieux réac*. Non sans raison d'ailleurs, l'époque n'étant peut-être pas pire que la précédente. Après tout, maugréer après la modernité avait toujours été le propre de la vieillesse. C'était cela aussi, vieillir : devenir peu à peu étranger au monde. Peut-être finirait-il par voter à droite.

Si la gueule tenait encore le coup, côté corps, le bilan était nettement moins reluisant. Il avait commencé à grossir une fois la quarantaine bien entamée et, malgré quelques régimes sporadiques, le processus avait perduré. Si bien qu'il pesait aujourd'hui près de trente kilos de plus qu'au jour de son entrée dans l'Éducation nationale, à l'âge où l'on devinait encore ses côtes sourdre sous sa peau. Moins gros que gras, son corps s'était féminisé de manière ridicule : ses pectoraux s'étaient délités en une poitrine d'adolescente tout juste pubère (à tel point, se désolait-il, qu'il aurait bientôt besoin d'une brassière), et son ventre arrondi n'était plus loin d'évoquer celui d'une femme enceinte. Il était si bombé qu'il lui dissimulait jusqu'à son sexe. Le miroir le rassura quant au reste de sa virilité : il pendouillait toujours entre ses jambes grêles, penaud et fripé ; avec son prépuce en accordéon, il lui faisait penser à un tapir. Les mains soupesant son ventre, il peinait à croire qu'il n'y avait là-dedans, dans cette bedaine, que du gras – il y voyait surtout un excès de viscères spongieux, turgides et gluants, comme si ses boyaux avaient continué à pousser au fil des ans, s'entortillant sur eux-mêmes en une masse toujours plus obscure et pesante. Toutefois, ce qui le chiffonnait le plus n'était pas son poids mais – et cette fois, ce n'était guère féminin – sa pilosité : dans ses sourcils désormais broussailleux, dans ses oreilles et son nez poussait à une vitesse folle tout un buisson de poils raides, noirs et drus qu'il combattait à la pince à épiler, tandis que sur son thorax et son abdomen autrefois glabres avaient éclos, çà et là, en touffes éparses bigarrées de noir et de blanc, de longs poils filamenteux qui donnaient à son buste un aspect moins viril que grotesque. Enfin, disséminées sur les mains, le haut du torse et les épaules, s'étoilaient de plus en plus de tâches ocre. Sa dermatologue lui avait ri au nez en lui déclarant qu'elle ne disposait d'aucun remède ni d'aucune potion contre la sénescence – ce fut la première fois qu'il s'entendit dire qu'il était définitivement, indéniablement, irrémédiablement vieux. Avec ces distensions de la peau, cette dilatation des chairs et ces tavelures, c'était comme si le processus de putréfaction avait déjà commencé.

Combien de temps encore pourrait-elle le désirer ?

L'eau glacée ruisselait sur lui, traquant les impuretés de son corps et chassant les doutes de son esprit. Aujourd'hui, songeait-il en se savonnant, la rentrée des classes se ferait sans lui : c'en était fini du professeur Mittelmann. L'épidémie de coronavirus avait rendu sa fin de carrière aussi étonnamment étrange qu'agréable. Grâce aux mesures de confinement, il n'avait plus eu à courir après le RER, ni à corriger de copies : il s'était contenté de faire cours à distance sans avoir à se soucier de capter l'attention. Cerise sur le gâteau, ladite épidémie lui avait permis d'échapper aux imbéciles cérémonies d'adieux : il n'avait donc pas eu à subir les manifestations de sympathie de collègues dont il ignorait parfois jusqu'au nom, et pire encore à accepter leurs minables cadeaux. Il n'avait pas eu non plus à endurer de sa direction, encore vexée qu'il ait refusé les palmes académiques, le discours vertigineusement vide qui, à quelques variantes près, était resservi à chaque départ à la retraite.

Vêtu de son peignoir, il calcula qu'il s'était confronté pendant trente-trois ans à plus de six mille élèves. Qu'il avait appréciés, pour la plupart, et menés au baccalauréat dans une savante combinaison d'implacable exigence et de bonne humeur dont ils lui avaient su gré. Si eux se souvenaient à coup sûr de lui, lui les avait presque tous oubliés. Les dernières années, il n'avait même plus cherché à mémoriser leurs noms, se contentant de les appeler *mon grand* ou *ma grande*. De ces milliers d'adolescents, ne lui restait qu'une poignée de visages.

C'est d'ailleurs parce qu'il n'avait jamais voulu encombrer sa mémoire d'informations sans intérêt qu'il ne se rappelait à peu près rien de son enfance à Commercy, sinon ce que ses parents, sa mère surtout, lui en avaient autrefois raconté en feuilletant de vieux albums photos – mais il s'agissait de leurs souvenirs, pas des siens. S'il savait qu'il avait fait ceci ou cela, qu'il était allé ici et là, c'était seulement parce que des photos en témoignaient. Mais ce vécu informe s'était nécrosé dans sa mémoire. Il se rappelait seulement avoir été un gamin mal accordé au monde et mal à l'aise avec les autres. De son adolescence, ne lui restait guère plus que quelques noms de camarades et de professeurs, le souvenir de ses premières amours, de son premier joint, de sa première cuite, de sa découverte de la littérature, enfin de la philosophie. Il avait traversé sa scolarité sans y prêter vraiment attention, aussi se souvenait-il surtout de ses petits boulots d'été à la mairie de Nancy où, grâce aux relations de son père, il avait bossé dès l'âge de seize ans, et de son job de livreur de pizzas, l'année de sa terminale. S'il avait tant travaillé, cela n'avait pas été pour soutenir ses parents, modestes sans être pauvres, mais pour se constituer un pécule afin de quitter la Lorraine sitôt le baccalauréat en poche. Même si ses parents s'étaient montrés déçus qu'il n'intégrât pas la khâgne du lycée Poincaré, ce à quoi aucun Mittelmann n'avait jamais pu prétendre, ils avaient tout de même éprouvé un peu de fierté à le voir s'en aller étudier la philosophie à la Sorbonne – cela aussi était resté inaccessible aux Mittelmann. Le cœur léger et le bagage mince, il était parti à l'été 1978, s'était déniché une chambre de bonne place Paul-Painlevé (dans le square en bas de l'immeuble, trônait une statue en marbre de Montaigne, sur le socle de laquelle était inscrit « Paris a mon cœur dès mon enfance »), au centre de ce légendaire Quartier latin dont il avait tant rêvé, puis un poste de réceptionniste de nuit dans un hôtel voisin. De ses années à l'université, il n'avait pas non plus conservé beaucoup de souvenirs. L'enchaînement des nuits de travail (même s'il s'assoupissait parfois quelques heures dans un fauteuil) et des journées de cours l'avait privé de l'insouciance de la vie estudiantine, mais c'était aussi grâce à cela, songeait-il en étalant la mousse à raser sur ses poils chenus, qu'il avait pu prendre sa retraite si tôt. En quelque sorte, c'était un juste retour sur investissement.

Le seul événement marquant de cette période fut la mort de Jean-Paul Sartre, au printemps 1980. L'annonce de sa disparition l'avait bouleversé. S'il avait voulu habiter le Quartier latin, cela avait certes été pour marcher sur les pas d'Abélard et de Joyce, de Rimbaud et d'Hemingway, mais aussi dans l'espoir de croiser le philosophe et de lui témoigner son admiration. Il partageait évidemment ses engagements politiques, en bon fils de militants communistes, mais admirait surtout chez lui la synthèse qu'il avait opérée entre la philosophie et la littérature, au point de s'approprier l'idée que, à défaut de s'incarner, une philosophie n'était jamais qu'une construction intellectuelle stérile. Le jour des funérailles, il s'était mêlé à la foule, mais les bousculades à l'entrée du cimetière du Montparnasse l'avaient empêché d'approcher du fourgon funéraire. C'est chez un camarade qui l'avait invité à regarder le journal télévisé de Léon Zitrone, sur Antenne 2, qu'il prit conscience de l'ampleur de l'événement. Ces obsèques avaient aussi été celles d'une époque : dorénavant, les intellectuels mourraient dans l'indifférence.

Plus motivé que ses coreligionnaires d'en finir avec ses études, il avait obtenu son DEUG, puis sa licence avec une certaine facilité. Service national oblige, il avait ensuite paressé toute une année dans les bureaux du Quartier général de l'Armée de l'Air, à Paris, où il avait eu la chance d'être affecté, quand d'autres s'en allaient jouer les petits soldats en République fédérale d'Allemagne. Après cette parenthèse civique, il avait obtenu sa maîtrise (*Apologie d'Hippias*), son DEA (*La Philosophie tragique de l'Ecclésiaste*) et, malgré lui, mais sur le conseil de ses professeurs, avait préparé – et réussi – l'agrégation. Aussi peu désireux d'enseigner que de s'immerger dans la vie que l'on dit « active », il avait sollicité une disponibilité pour préparer un doctorat (*La Dislocation du sujet dans l'œuvre d'Herman Melville*).

Mais à vingt-cinq ans, il avait abdiqué toute motivation nécessaire à la conduite d'une thèse : son unique ambition était de « devenir écrivain ». Il passait ses journées au café ou au jardin du Luxembourg pour y lire des romans et y écrire des nouvelles – principalement pour apprendre à dompter ces bestioles noires et indociles qu'étaient les mots. Avec son premier roman, il raflerait à coup sûr le prix Goncourt et deviendrait par la suite l'un des plus grands écrivains de son temps : on le verrait à *Apostrophes*, au *Grand Échiquier* ou à *Droit de réponse*, où il serait invité à se prononcer sur les affres de la politique et l'avenir (toujours) incertain de la littérature. Les nuits où il ne travaillait pas, il écumait les pubs de la montagne Sainte-Geneviève avec une poignée d'amis qui n'en étaient pas tout à fait.

C'est au début de sa deuxième année de doctorat, se souvenait-il en se coupant au menton avec son rasoir, le 14 septembre 1986, en pleine vague d'attentats terroristes, qu'il avait rencontré Perrine dans un pub de la rue Descartes. Sa petite bande était à peine arrivée que déjà il avait repéré cette grande fille brune qui n'était pas la plus jolie de son groupe, sans doute, mais dont l'attitude générale et le rire dégageaient une telle assurance qu'il en tomba sitôt amoureux. L'alcool aidant, tables et chaises n'avaient pas tardé à être poussées contre les murs, et chacun put bientôt se trémousser sur les rythmes rudimentaires mais psychotoniques de *Take on Me*, *Shake the Disease*, *Life is Life* et autres succès plus ou moins mérités du temps.

Ils avaient engagé la conversation, beaucoup ri, s'étaient ingénument informés l'un de l'autre (Perrine avait trois ans de moins que lui et débutait la première de ses trois années de stage nécessaires à la validation de son diplôme d'expert-comptable), puis, en ces temps bénis des slows, s'étaient longuement embrassés sur *Still Loving You* avant de terminer la nuit dans sa mansarde, sans se soucier du sida, encore considéré comme la maladie des camés, des homos et des putes. Rapidement, ils s'étaient installés ensemble. Et plutôt que de se réinscrire en thèse, il avait demandé son intégration dans l'Éducation nationale.

Le long travail de gestation de sa personnalité arrivait à son terme.

C'est à la rentrée suivante, en devenant professeur, que sa vie avait réellement commencé, organisée autour d'événements dont il pouvait retracer la chronologie avec plus ou moins de précision.

Le professorat, donc, n'avait jamais été une vocation. Les raisons qui l'avaient convaincu d'intégrer la grande famille de l'Éducation nationale (prestige du métier, salaire confortable, temps libre) s'étaient au gré des années avérées décevantes. L'image sociale de la profession s'était tellement détériorée au fil de sa carrière qu'il avait souvent, en public, éprouvé une certaine gêne à s'avouer professeur. Dans une société en crise, les fonctionnaires passaient pour des privilégiés, ce qui avait permis à l'État de geler leurs salaires sans que cela n'émût personne, bien au contraire. Ironie de l'histoire : l'opinion publique, dûment sondée, s'indignait du faible nombre d'heures de cours effectuées, en plus de la surabondance des périodes de vacances, alors que la surcharge de travail l'avait souvent fait songer à démissionner. Personne ne se rendait compte à quel point ce métier déjà épuisant l'était devenu plus encore avec la massification des effectifs et son quota grossissant d'élèves illettrés et indifférents. Pour se consacrer à l'écriture, avait-il souvent pensé, il aurait mieux fait, comme Kafka, de se contenter d'un petit boulot pépère, dont on rentre exempt de toute névrose et d'énormes tas de copies indigentes à corriger tout au long des week-ends et des vacances. Et puis il y avait eu le jeu des mutations qui l'avait année après année contraint à travailler à une trentaine de kilomètres de chez lui, si bien qu'à raison de soixante kilomètres par jour, quatre jours par semaine et trente-deux semaines par an pendant trente-trois ans, il avait parcouru un total de plus de deux cent cinquante mille kilomètres, soit plus de six fois le tour de la Terre. S'il était malgré tout resté dans l'Éducation nationale, c'était uniquement en raison de son besoin d'indépendance : en classe, il était seul maître à bord. Ni collègues, ni hiérarchie.

Allongé sur le canapé, il se demandait quel bilan tirer de tous ces souvenirs inscrits en pointillé dans sa mémoire. La mémoire, prétendait-on, était défaillante, trompeuse et sélective. Mauvais procès : sans ce tri, nous nous égarerions en nous-mêmes. Aux oubliettes, ces années perdues dont il ne nous reste au mieux que quelques bribes impossibles à dater. Égarées aussi, ces heures qui, sur le moment, laissaient espérer qu'elles fussent inoubliables. La mémoire n'est pas une boîte noire qu'il suffirait d'ouvrir pour dérouler le film de sa vie : les souvenirs ne sont que des instantanés statiques, fragmentaires et disparates, des sensations anémiées, confuses, sibyllines que l'esprit restaure et remanie sans cesse. Le passé ? Un patchwork d'images mnémoniques et d'impressions embrouillées, nécrosées, que la conscience, telle Pénélope, tisse, détisse et retisse à l'aide de fils de mots pour y créer des motifs toujours renouvelés. La mémoire pense. Il n'y a pas de temps retrouvé, seulement du temps reconstitué. Non, décidément, songeait-il en s'assoupissant : nulle défaillance, nulle trahison.

1988

RENTRÉE DES CLASSES

À LA VUE DE L'ENVELOPPE TANT ATTENDUE portant l'estampille du rectorat, il eut l'impression de ne plus pouvoir respirer. Il déglutit tant bien que mal et, son cabas dans une main, le courrier dans l'autre, gravit précipitamment les trois volées d'escaliers. Il était en nage.

Comme pour conjurer le sort, il balança le courrier sur le clic-clac. Joua la comédie de l'indifférence. Fit mine de recouvrer son calme. Il retira son tee-shirt trempé de sueur, ferma les persiennes, releva les jalousies et baissa le thermostat du climatiseur ; impavide, s'occupa des courses. Après avoir déposé la fougasse et l'huile d'olive sur le plan de travail, rangé la tourte de blettes et les gnocchis au réfrigérateur, rincé le basilic et les tomates gorgées de soleil, il se servit un grand verre d'eau glacée, alluma une cigarette et enfin attrapa l'enveloppe, avec l'espoir que les dieux de l'Olympe ou d'ailleurs lui permissent de rester affecté à Nice. Même si son année de stage s'était bien passée, rien n'empêchait l'administration de le muter dans le Var.

Tout était allé très vite. Quinze jours après leur rencontre, Perrine était installée chez lui. Plus ou moins. C'était l'amour fou : connivence intellectuelle, coopération domestique, tendresse poétique et sexe animal. Son service à l'hôtel terminé, il revenait avec des croissants encore chauds qu'ils dévoraient au lit avant de (re)faire l'amour. Puis il s'endormait et elle partait travailler. Le week-end, ils couraient les expositions, les cinémas et les théâtres. Parfois ils se rendaient à Deauville, où les parents de Perrine étaient les heureux propriétaires d'un appartement à deux pas des Planches, qu'en fin de matinée ils aimaient arpenter main dans la main, sans jamais s'arrêter de se bécoter ni de fredonner *Chabadabada.* De là, ils poussaient parfois jusqu'au port de Trouville, où ils festinaient d'huîtres et de vin blanc. C'est là, à Trouville, un dimanche de novembre, blottis l'un contre l'autre sur un banc à l'heure où la mer se retirait, qu'ils avaient pris la décision de se fiancer – autrement dit de se marier. Il décida de l'abandon de sa thèse : dès la rentrée, il intégrerait l'Éducation nationale.

Tout s'était encore accéléré à la Noël. Ils avaient décidé de profiter de cette période très propice pour se présenter leurs familles respectives : le réveillon à Commercy, le déjeuner du 25 à La Varenne-Saint-Hilaire. Une grève des cheminots, point d'orgue de cette année mouvementée, les avait contraints à voyager dans la Mini Austin de Perrine, moins mini d'ailleurs qu'inconfortable. Contrairement à ce qu'il avait redouté – que Perrine ne supportât pas les franches et viriles manières de sa famille cégétiste, que celle-ci la vît comme une pimbêche, et que lui se sentît mal à son aise chez des bourgeois encartés au RPR –, tout se passa au mieux. À Commercy, Perrine s'amusa de l'humour (un peu) gras et des allusions (immanquablement) grivoises de ses père, oncle et cousins, bavarda longuement avec sa mère et sa tante, et plus encore avec ses deux grands-mères évoquant dans une semblable verve les Années folles et leurs oignons, et pleurant davantage sur leurs rhumatismes que sur leurs souvenirs de l'Occupation. De sa famille, il eut honte d'avoir honte. Au cours du dîner, les conversations portèrent sur les événements de l'année : les disparitions de Balavoine, Coluche et Le Luron, la création de deux nouvelles chaînes de télévision, « l'incident » de Tchernobyl, l'assassinat par un peloton de voltigeurs de Malik Oussékine en marge des manifestations contre la loi Devaquet, l'effondrement du Parti communiste et la poussée du Front national aux législatives. À minuit, alcool de prune à la main, tout le monde se consola en beuglant *Petit Papa Noël*, avant d'entonner l'*Internationale* et l'hymne des étudiants victorieux : « Devaquet, si tu savais, ta réforme où on se la met ! »

Le lendemain, dans le luxueux appartement des parents de Perrine, en surplomb des bords de Marne, il se fit l'impression d'être un explorateur débarqué en terre inconnue qui, en plus de ça, aurait eu la déveine de tomber sur une tribu exotique aux mœurs improbables. Il s'appliqua toutefois à se tenir bien droit sur sa chaise, à se saisir des couverts idoines – certains lui étant étrangers – et à réprimer tout bruit de succion en mangeant. Tous étaient des gaullistes convaincus, et tous se remettaient péniblement de la frayeur qu'ils avaient eue de voir les chars soviétiques défiler sur les Champs-Élysées au lendemain de la victoire de « Mitrand ». Et tous, naturellement, soutenaient le gouvernement de cohabitation de Jacques Chirac. La famille de Perrine se régala avec une égale gourmandise du foie gras et de la dévaluation du franc, du carpaccio de homard et de la re-privatisation de Saint-Gobain, du chapon farci et des expulsions de Maliens par charters, de la bûche glacée et de la fermeté de la police – elle avait certes *dérapé* avec *le petit Beur qui, entre nous, ne devait pas être si innocent,* lui confia Jacqueline, la mère de Perrine –, nécessaire pour mettre fin aux attentats du Hezbollah et de ces *salauds* d'Action directe qui venaient d'abattre *comme un chien*

Georges Besse, patron de Renault. Ils se délectèrent de champagne et de grands crus de bordeaux tout en stigmatisant ces *privilégiés* de cheminots qui, à la remorque des étudiants, paralysaient le pays, menaçaient les placements boursiers et la relance de l'économie. Ils étaient pitoyables, peut-être, mais fascinants. Seul Michel, le père de Perrine, sortait du lot. Avec lui, Mittelmann put se réjouir de l'ouverture du musée d'Orsay, *voulu par Giscard d'Estaing, ne l'oublions pas*, dont son collègue et ami Pierre Colboc avait été l'un des architectes. Au demeurant, Michel ne manquait pas d'humour, puisqu'il lui fit cadeau des trois volumes des œuvres de Karl Marx en Pléiade.

Convié au petit salon après le départ des invités, le jeune couple s'installa sur un chesterfield mordoré en vis-à-vis de celui où Jacqueline et Michel les attendaient. Mittelmann refusa le cigare, mais accepta le cognac. Avec son tailleur mauve, son collier de perles et sa permanente, Jacqueline avait des faux airs de Margaret Thatcher. Sans prendre la peine de se montrer crédible, elle rompit le silence pour dire combien elle était heureuse de leur relation, et leur soumettre dans la foulée l'idée d'organiser leurs fiançailles dans un restaurant voisin, « Le Château des îles », *face à l'île d'Amour*. Où pourrait également se tenir le banquet de mariage, l'année suivante. Plus détendu, Michel s'était délesté de sa veste et avait déboutonné son gilet, ainsi que son col de chemise sous lequel pendouillait une cravate en soie. Il avait *une improbable affaire* à leur soumettre : grâce à un ami marchand de biens, il avait dégoté un appartement de 90 m² au cinquième étage d'un immeuble haussmannien, boulevard Voltaire. Comme ils se préparaient (mollement) à protester, il imposa le silence. *Bien sûr*, expliqua-t-il, *vous entrez à peine dans la vie active, mais il faut profiter de cette occasion avant que la spéculation immobilière ne rende de telles surfaces inaccessibles à de jeunes couples. L'état de l'appartement est lamentable, tout est à refaire, jusqu'à la plomberie et l'électricité*, mais il était à vendre pour ce qu'il appelait *une bouchée de pain*. Ce serait son cadeau de mariage : il leur offrirait l'apport nécessaire sous forme de donation – *ne t'inquiète pas, mon chat, nous ferons la même chose pour ton frère* –, mais aussi les travaux de rénovation qu'il ferait faire *à très, très bon prix, si vous voyez ce que je veux dire*, précisa-t-il, par une entreprise qui lui était redevable. D'ici leurs fiançailles, ils seraient installés, *foi de Michel*. À la suite de quoi il leur présenta les plans : lorsque les cloisons seraient abattues, ils jouiraient d'une grande pièce à vivre agrémentée d'une cuisine américaine, d'une suite parentale avec dressing et de *deux bureaux que vous pourrez transformer en chambres d'enfants le moment venu.* Perrine gagnait déjà deux fois le SMIC, Mittelmann disposerait bientôt d'un salaire digne de ce nom, aussi acceptèrent-ils de bon cœur. Sartre s'était trompé : tout anticommuniste n'était pas forcément un chien.

Fin juin, comme ils venaient d'emménager boulevard Voltaire, son courrier d'affectation arriva : « Lycée du Parc-Impérial, Nice, service en responsabilité. » Catastrophe confirmée – aggravée – deux heures plus tard à la suite d'une conversation téléphonique avec le représentant syndical : il n'existait aucun recours. De surcroît, il lui serait impossible de revenir avant trois ou quatre ans, et encore, pas dans l'académie de Paris : au mieux pourrait-il espérer celles de Créteil ou de Versailles. Les tourtereaux se sentaient comme abattus en plein vol. Une nouvelle fois, la solution arriva des parents de Perrine. Michel, qui avait dûment réuni le conseil de famille, proposa de vendre leur pied-à-terre du Grand-Bornand, et d'acheter au nom de Jérôme, le frère de Perrine – qui pourrait ensuite le louer ou le revendre – un studio à Nice, où Mittelmann pourrait loger gracieusement, le temps nécessaire. La séparation géographique, ajouta-t-il, ne serait pas une épreuve insurmontable, l'avion, le train de nuit ou le récent TGV leur permettraient de se retrouver le temps des vacances scolaires et d'un bon nombre de week-ends. Tout s'arrangeait : ils n'avaient plus qu'à trouver le logement idoine.

Il n'avait pas fait trois pas hors de l'aérogare qu'immédiatement il détesta Nice. La chaleur et l'humidité étaient à ce point suffocantes que la sueur dégoulina aussitôt sur son front, sous ses aisselles, le long de sa colonne vertébrale. Pas un nuage ne traversait le ciel immobile, aucune trace d'écume ne troublait ces eaux aussi étales que celles d'un lac suisse. Ciel et mer étaient d'un bleu uniforme, abstrait et implacable, sans dimension ni profondeur. Aucune ligne de fuite, aucun horizon. Pas étonnant, se souvenait-il avoir pensé, qu'Yves Klein fût niçois. Quant à la ville, c'était un bric-à-brac d'architectures vulgaires, et la fameuse Promenade des Anglais rien d'autre qu'une autoroute urbaine qui lui faisait déjà regretter les embouteillages du périphérique parisien.

Monsieur Ventura, agent immobilier missionné par le père de Perrine, vieux beau vêtu tout de blanc, du galurin aux mocassins, leur fit visiter une quinzaine d'appartements. Leur choix se porta sur un F1 de la rue Assalit, dans le secteur nord du centre-ville. Il avait pour inconvénient d'être un peu éloigné du lycée, mais pour avantage d'être à deux pas de la gare et, surtout, climatisé. À quoi monsieur Ventura en ajouta un autre : celui de se trouver dans ce qu'il appelait un immeuble *bien habité*, ce qui, dans l'idiome local, signifiait qu'il n'abritait aucune famille d'origine arabo-africaine. À l'égal de la chaleur et l'humidité, le racisme était ici un élément du climat. Il concernait au premier chef les populations immigrées (*Oui à la socca, non au kebab* s'affichait partout sur les murs de la ville), mais aussi les Parisiens (à savoir toute personne étrangère à la région), les habitants des départements voisins (*Varois, va ! Vaffancoulo !*), et même les communes limitrophes (*'Culé de Cannois*).

Il y avait sans doute à l'origine de ce repli quelques explications historiques, le comté de Nice n'ayant été rattaché à la France qu'en 1860 ; géographiques, aussi, la ville étant coincée entre mer et montagnes ; urbanistiques, Nice s'étant développée à partir du bord de mer, les quartiers résidentiels s'étaient peu à peu paupérisés jusqu'aux montagnes, au pied desquelles avaient été bâties à la hâte de misérables cités HLM qui formaient comme une enceinte ; sociologiques enfin, toute infrastructure étant entièrement dédiée au bien-être et au profit de retraités venus des six coins de l'Hexagone afin de faire dorer leurs rides et leur argent au soleil, tout en confiant aux potentats locaux le soin de veiller à leur confort matériel. Il n'y avait ici aucune vie culturelle : casinos, restaurants et commerces de luxe avaient bouté hors de la cité azuréenne les cinémas, les théâtres et les musées. Il y avait à Nice moins de librairies que sur le seul boulevard Voltaire.

Il ne s'installa à Nice que début septembre, peu de temps avant la rentrée des classes. Après s'être équipé d'un réfrigérateur, d'un clic-clac, de deux chaises pliantes, de tréteaux et d'une planche qui ferait tout à la fois office de bureau et de table à manger, il se procura le nécessaire de tout bon enseignant : agenda, stylos rouges et boîte de craies. Enthousiaste, impatient même, il ne pouvait se douter que, de rentrée des classes en rentrée des classes, il accomplirait bientôt ce rituel avec ennui, résignation, désespérance enfin.

À sa propre surprise, il se découvrit une authentique appétence pour l'enseignement. Quoi de plus excitant que rendre accessible une discipline réputée obscure ? Avec ses collègues, en revanche, les relations furent moins émoustillantes. Il se sentait en leur compagnie aussi peu à l'aise qu'autrefois avec ses camarades d'école. Si bien qu'il traînait en salle des profs comme en pays étranger, ne comprenant rien ou si peu à ce petit monde replié sur lui-même, à la langue encombrée d'acronymes, et où l'endogamie semblait de mise. Il s'était attendu à intégrer une communauté de savants : il fut accablé par des bavardages portant essentiellement sur les vacances et le dernier catalogue de la CAMIF. Il ne comprenait pas non plus les éternelles plaintes quant à la baisse d'un niveau scolaire qu'il jugeait, lui, plutôt satisfaisant. Il jouait toutefois le jeu, participant sans y croire à ces discussions déprimées et ne laissant rien paraître du décalage qu'il ressentait.

Avec Gabriel Nicolassi, qui n'était autre que son formateur, il dut pousser l'hypocrisie à son comble. Dès le début de l'année, les remarques ambiguës et les regards objectivement lubriques que ce vieux dégueulasse posait sur les gamines l'avaient révulsé. D'allusions en allusions, il finit par comprendre que ce quinqua globalement plutôt laid, peau grêlée et chevelure roussâtre tirée en arrière sur un crâne en pain de sucre, profitait de son charisme pour attirer les lycéennes dans son lit une fois l'année terminée. Malgré la répugnance que cela lui inspirait, Mittelmann décida toutefois de faire bonne figure, ce dont il fut récompensé par l'obtention d'excellentes notes pédagogiques et administratives. Au demeurant, Nicolassi l'appréciait beaucoup. À l'entendre, Mittelmann était *le stagiaire idéal* : il « tenait » sa classe, savait l'intéresser, et n'avait donc pas besoin de ces mille et un conseils dont lui-même, lui avait-il confié, connaissait l'inanité. C'était d'ailleurs la seule chose que Mittelmann partageait avec lui : l'idée que les sciences de l'éducation étaient une fumisterie. Enseigner ne s'apprenait pas – on savait ou non le faire, c'était comme ça, rien ni personne n'y pouvait changer quoi que ce fût.

Conformément aux prédictions du père de Perrine, leur couple ne souffrit pas de l'éloignement. Chaque soir, ils se racontaient leurs journées au téléphone avant de se chuchoter des mots doux et de se répéter *je t'aime c'est toi qui raccroches non c'est toi* jusqu'à ce que l'un d'eux cédât. Le reste du temps, ils avaient tous deux trop de travail pour seulement songer à l'autre. Il préparait ses cours et, au moindre temps libre, travaillait à son premier roman : *Les Maladives*. C'est d'ailleurs cette année-là qu'il rencontra celui qui deviendrait son éditeur et son meilleur, voire seul ami : Marc.

Sans Perrine, qui n'avait aucune appétence pour les soirées littéraires, il avait profité d'un week-end à Paris pour se rendre à la librairie La Hune, boulevard Saint-Germain, afin d'y assister à une lecture de Philippe Sollers, dont le dernier roman, *Les Folies françaises*, venait de paraître. De lui, il avait seulement lu *Femmes* et *Portrait du joueur*, mais son passé de bourgeois maoïste l'amusait. À l'issue de la lecture, il avait préféré boire son verre de (mauvais) vin à l'extérieur, plutôt que de faire la queue pour obtenir une dédicace du grand homme. La soirée était douce, la circulation des voitures et des piétons fluide et, des terrasses du Flore et des Deux Magots qui enserraient la librairie lui parvenait le bourdonnement des conversations. Un jour, s'était-il pris à rêver, les gens se presseraient à La Hune pour se faire dédicacer *Les Maladives*. Et il y ferait servir un vin d'une tout autre qualité.

– Ce breuvage n'est guère fameux. Ils auraient pu faire un effort : Philippe est amateur, le meilleur que je connaisse.

L'individu s'était approché en souriant, une cigarette roulée à la main. Avec ses sandales en cuir, son pantalon de toile rose, sa chemise blanche et son foulard bandana rouge, Marc avait l'allure chic et décontractée de la bohème germanopratine. Sa figure pouponne, ses yeux malicieux et son sourire désabusé inspiraient tout de suite la sympathie. Rien ne laissait présager que cet homme, alors aussi élancé que lui, se transformerait au fil des ans en un bouddha ventripotent.

– Vous le connaissez ?

– Philippe ? Un peu… Il m'a reçu quelques fois chez lui, à deux pas d'ici. Je viens d'écrire un livre dans lequel il est beaucoup question de lui, et pour cause : *Monsieur Sollers.*

– Une biographie ?

– Non, plutôt une sorte de roman d'apprentissage, tour à tour essai, fiction, autobiographie, hagiographie, invention, poème lyrique. Rien que ça. Par sa parole, ses engagements, ses coups de gueule et ses personnalités multiples, Philippe a eu une influence décisive sur mon parcours.

– Tiens donc. Je vous lirai.

– Il vous faudra patienter jusqu'à la prochaine rentrée. Vous avez eu votre dédicace ?

– Il y a trop de monde. Et vous ?

– Il m'avait déjà signé son exemplaire il y a quelques semaines.

– C'est un bon Sollers ?

– Disons qu'on y retrouve le Sollers cabotin et virtuose, érudit et provocateur connu de tous. La première phrase est extra, écoutez plutôt : « C'était le printemps, et je m'ennuyais. » Simple, dense, efficace, évocatrice. C'est important, une première phrase.

– « Ses grands pieds blancs et squelettiques firent grincer le parquet. »

– Pas mal, c'est tiré de quel livre ?

– De celui que je suis en train d'écrire. Un premier roman.

– Dites-moi, le vin ici étant ce qu'il est, ça vous dirait d'aller poursuivre cette conversation à côté ?

Installés à la terrasse du Flore, ils burent verre sur verre et fumèrent cigarette sur cigarette jusqu'à la fermeture. Marc était à peine plus âgé que lui, et marié à une antiquaire dont il se séparerait quelques mois après avoir eu un fils avec elle. Jeune écrivain rêvant lui aussi de gloire, il s'apprêtait à fonder une maison d'édition, Les Anagnostes, et était à la recherche d'écrivains prometteurs. Mittelmann avait esquivé. Il ne concevait pas d'être publié ailleurs que dans la « Blanche ».

Ils se revirent assez rapidement, non tant d'ailleurs pour des raisons littéraires que musicales. Car s'ils ne lisaient ni n'aimaient les mêmes livres, ils partageaient une semblable passion « honteuse » pour le hard rock, passion qui fut peut-être le socle de leur amitié. En septembre, Mittelmann l'accompagnerait au concert d'Iron Maiden.

Il écrasa méticuleusement un énième mégot dans le cendrier. S'être remémoré l'année écoulée l'avait apaisé, il était temps d'ouvrir l'enveloppe. « Lycée Pierre et Marie Curie,

Menton. » Écrit en gras au beau milieu de la feuille. Il était à la fois déçu et soulagé. Déçu de ne plus pouvoir aller travailler à pied, soulagé d'avoir échappé au pire. (Il l'ignorait encore, mais telle serait désormais la loi de son existence : en toute chose, il échapperait au pire sans jamais obtenir le meilleur.) Tout invitait encore à l'optimisme : il était un professeur respecté et un écrivain en devenir, aimait et était aimé. Il n'avait plus que trois ou quatre ans à attendre avant d'obtenir sa mutation pour la région parisienne : il pouvait téléphoner à Perrine.

1991

LA BOULE À FACETTES

Mesdemoiselles, messieurs, bonjour. Prenez place et sortez vos affaires… Le cahier d'appel est là, c'est parti.

Abdallah Madi ?

Allard ?

Allavena ?

Mademoiselle Alves, je sais que vous êtes là puisque je n'entends que vous. Je vous prie de vous taire, mademoiselle, ce n'est parce que je fais l'appel que vous devez vous croire autorisée à bavarder… Merci.

Biniasz ?

Branger ?

Broche ?

Ciccolini ?

Ducret ?

Échaubard ?

Frankel ?

Fusco ?

Gallardo ? Tiens, vous êtes présent, monsieur Gallardo ?

Cela faisait bien longtemps que nous n'avions pas eu le plaisir de vous voir… Très amusant, très amusant, je vous le concède. Tenez, puisque vous voulez rire : avez-vous justifié vos dernières absences ? Non ? Dommage… Mademoiselle Sioniac, puisque vous êtes déléguée, ayez l'obligeance d'accompagner monsieur Gallardo à la Vie scolaire afin qu'il fasse ce qu'il aurait dû faire avant de se présenter en cours… Oui, à tout de suite, du moins je l'espère monsieur Gallardo, je serais fort contrit de ne pas vous revoir… Ha ha ! Moi aussi, je vous apprécie, monsieur Gallardo.

Ginesy ?

Gouzy ?

Hébrard ?

Hénin ?

Houzé ?

Jauffret-Perez ?

Lamia ? Monsieur Lamia, veuillez retirer ce casque de walkman de votre cou et le ranger dans votre cartable, merci. Pardon ? Une sacoche U.S. ? Je ne vois pas ce que ça change, rangez-y immédiatement votre casque.

Laurenceau ?

Le Du ?

Le Filleul ?

Leriche ?

Martino ?

Miquelis ?

Musolino ?

Roger ?

Sioniac ? Non ? Ah oui, c'est vrai…

Sismondini ?

Teissier ?

C'est parti. Grand deux : « L'âme et le corps. » Grand deux : « L'âme et le corps. » C'est bon pour tout le monde ? Oui, mademoiselle Biniasz, il s'agit bien du grand deux. Le grand un était « Qu'est-ce que la conscience ? » Nous y sommes ? Bon. Alors, justement, ce titre, « L'âme et le corps », que vous suggère-t-il ? Oui, monsieur Laurenceau, je vous écoute… Que l'âme et le corps seraient deux entités différentes, oui. Mais pas seulement, parce qu'en français, « et » peut être aussi bien disjonctif que conjonctif. Disjonctif, ça veut dire que ça sépare, ça distingue ; conjonctif, que ça réunit… Vous ne voyez pas ? Mince… Du temps du mur de Berlin – date de la chute du mur ? Vous n'avez pas levé la main, mais oui, c'est ça, le 9 novembre 1989. Bref, avant cela, quand on disait la RFA et la RDA, c'était pour désigner deux entités différentes : la RFA à l'ouest, la RDA, à l'est. Pas de problème ? Bien, par contre, depuis la réunification de septembre dernier, depuis que tous les Allemands peuvent se rendre chez McDonald's – puisque c'est ça qu'ils ont fait de leur liberté chèrement conquise –, je peux dire que l'Allemagne est constituée de l'ex-RFA et de l'ex-RDA, ça va ensemble, vous voyez ? Bref, j'en reviens à l'âme et au corps : lorsque je dis l'âme « et » le corps, c'est soit pour les mettre en opposition, il y aurait alors d'une part l'âme et d'autre part le corps, soit pour montrer qu'ils sont complémentaires, l'âme et le corps formant alors un tout, un tout qui définit l'homme. Vous comprenez ? Oui ? Bien. D'ailleurs, puisque le bac aura lieu dans un peu moins d'un mois, vous devriez retenir cette histoire de conjonction et de disjonction, cela pourrait vous aider à comprendre certains sujets de dissertation. Cela dit, monsieur Laurenceau a raison, du moins a priori. Lorsqu'on dit « l'âme et le corps », nous avons tendance à comprendre qu'il s'agit de deux entités distinctes : l'âme d'une part, le corps d'autre part. Cette distinction est profondément ancrée en nous parce que, athées ou croyants, nous sommes le fruit de notre culture. Cette distinction remonterait à Pythagore. Vous vous souvenez de qui est Pythagore, n'est-ce pas ? On se calme. Stop, pas tous en même temps ! Levez la main et je vous donnerai la parole. Bien… Mademoiselle Hénin ? Très bien, Pythagore, c'est celui qui aurait, je dis bien « aurait », inventé le mot philosophie. Bien. Vous vous souvenez donc certainement, comme je vous l'avais dit, qu'il ne nous restait que quelques fragments de l'œuvre de Pythagore… Oui, mademoiselle Le Filleul, dont le maudit théorème qui vous a tant fait souffrir au collège. Bref, cette distinction entre l'âme et le corps, venue de Pythagore, a été théorisée par Socrate et Platon. Vous vous souvenez tous de ce qui se passe dans l'*Apologie de Socrate* ? Je vous écoute, monsieur Allavena… C'est précisément cela, je vous félicite. Alors, je ne vous l'avais pas dit, mais l'*Apologie de Socrate* est le premier volume d'une trilogie. Il est suivi du *Criton*, dans lequel le personnage éponyme… Oui, entrez ! Ah, mademoiselle Sioniac et monsieur Gallardo, entrez, allez vous asseoir. Pas vous, monsieur Gallardo, montrez-moi d'abord votre carnet de correspondance… Mais si, je vous fais confiance, monsieur Gallardo, c'est juste une question de principe. Bien, monsieur Gallardo, vous pouvez aller vous asseoir vous aussi, mais pensez quand même à justifier vos absences avant de venir en cours, cela nous évitera de perdre du temps… Non, ici, le temps, ce n'est pas de l'argent, monsieur Gallardo, c'est bien plus que cela… Bon, qu'est-ce que je vous disais, déjà ? Ah oui, Criton ! Oui, mademoiselle Sismondini ? Quel mot ? Éponyme ? Attendez, je l'écris au tableau. Voilà… Éponyme, ça veut donc dire ? Monsieur Allavena ? Exactement : « Qui donne son nom à. » C'est un mot d'origine grecque. De « *epi* », qui veut dire « sur », comme dans « épidémie » par exemple, vous vous souvenez, littéralement « ce qui tombe sur le peuple », et « *onoma* », le nom. J'écris tout cela au tableau… En français… Et en grec pour ceux qui ont la chance d'en faire. Voilà. Donc, ce que je disais, c'est que dans ce dialogue, Criton propose à Socrate de s'évader, ce qu'il refuse, nous verrons bientôt pourquoi dans le cours sur la justice. La trilogie est complétée par le *Phédon*, qui raconte les dernières heures de la vie de Socrate. Juste avant de mourir, Socrate est entouré de ses plus fidèles disciples, à l'exception de Platon qui raconte pourtant la scène, et il leur parle de la mort. Pour faire vite, Socrate explique à ses disciples éplorés qu'il ne faut pas craindre la mort car celle-ci n'est rien d'autre que la séparation de l'âme et du corps. Or, selon lui, je *suis* mon âme, mais j'*ai* un corps. Vous voyez ? Dans un autre dialogue, le *Phèdre*, il explique, en jouant sur les mots, que le corps, « *soma* », en grec, je l'écris au tableau, en français et en grec… Vous qui êtes en terminale D, et qui pour certains êtes de futurs médecins, vous reconnaissez là la racine de nombreux mots français, comme « somatiser » par exemple, le corps donc est le tombeau, en grec « *sèma* », de l'âme… « *Soma* », « *sèma* », voilà pour le jeu de mots… Oui, je sais, il y a plus drôle… L'idée défendue par Socrate, c'est donc que le philosophe ne doit pas se préoccuper du corps, qui nous rattache à l'animalité, qui est le lieu des plaisirs vulgaires et qui, pire encore, empêche l'âme de s'épanouir dans sa quête de vérité... Pardon, mademoiselle Sismondini ? Je vais trop vite ? Mais non, vous semblez être la seule à avoir du mal à suivre. Comme je vous le rabâche, ne notez que les mots importants et utilisez des abréviations, et ça ira... Bon, qu'est-ce que je disais... Ah oui... Vous comprenez ce que veut dire Socrate : le corps est un handicap. Par exemple, lorsque vous travaillez vos dissertations, la fatigue, la faim, je ne sais pas, moi, l'envie d'aller faire pipi, eh oui, tout ça vous empêche de vous concentrer durablement. Libérée du corps, l'âme va pouvoir rejoindre non pas le paradis, mais, selon Platon, le ciel intelligible où se trouvent les Idées, ce dont nous avons déjà beaucoup parlé. Ça va, vous comprenez ? Vous noterez le paradoxe : Socrate s'apprête à boire la ciguë, va mourir, mais ce sont ses élèves qui sont tristes, et c'est lui qui les console... Mais il y a quand même quelques bizarreries dans ce dialogue, des bizarreries que j'ai moi-même du mal à comprendre. À la fin de son exposé, tout d'abord, Socrate conclut que l'immortalité de l'âme est, je cite, « un beau risque à courir ». C'est bizarre, non ? Il a argumenté pendant des heures pour prouver que la mort n'était rien pour nous, qu'elle n'était pas à craindre, qu'elle était même souhaitable, et il conclut en disant que l'immortalité de l'âme n'est qu'un pari, comme si tout ce qu'il avait dit au préalable n'avait aucun sens, vous voyez ? Non, monsieur Échaubard ? Vous ne voyez pas ? Eh bien, en réalité, dire que l'immortalité de l'âme est « un beau risque à courir », ça signifie « en fait, j'ai eu beau déblatérer pendant des heures, on verra bien et j'espère que ce sera le cas », vous comprenez ? Oui ? Tout le monde ? Bien. Mais il y a pire dans les toutes dernières lignes du texte. Et à ma connaissance, aucun commentateur ne l'a relevé. Socrate a bu la ciguë, il est allongé sur son lit, il agonise et, pile-poil à l'instant de mourir, il est pris, selon les traductions, d'un « tremblement » ou d'un « sursaut »... Vous ne voyez pas non plus ? Monsieur Allavena ? Ben oui, voilà, le tremblement, le sursaut sont liés à la peur ! Eh oui, c'est vicieux, c'est juste un petit mot qui, là encore, pointe une contradiction entre le discours et la réalité : Socrate l'a joué tranquille peinard, même pas peur, mais au moment d'être confronté à la réalité, il a les chocottes... Alors, pourquoi ces remarques vicieuses de la part de Platon ? D'autant plus vicieuses que, je le répète, Platon était le seul disciple de Socrate à ne pas être présent ce jour-là. Eh bien, en vérité, je n'en sais rien... Peut-être Platon règle-t-il ses comptes et montre-t-il que Socrate, avec lequel il était peut-être fâché, ne croyait pas à ce qu'il disait. Je ne sais pas. Bref. Cette dichotomie… Oui, mademoiselle Sismondini ? Dichotomie, voyons, c'est un mot usuel… Mademoiselle Fusco ? Voilà… C'est bon ? Bien. Cette dichotomie, donc, on la retrouve évidemment dans la Bible. Là encore, la mort se définit par la séparation de l'âme et du corps. Le corps « redevient poussière » alors que l'âme rejoint l'au-delà, où elle commence sa vraie vie, dans et pour l'éternité. Eh oui, n'oubliez pas que si vous êtes croyants, la vie ici-bas n'est pas la vraie vie : il ne s'agit que d'une « vallée de larmes », comme disent les *Psaumes*, d'une période probatoire, d'une épreuve, d'une sorte de baccalauréat en contrôle continu. La vraie vie commencera au Paradis, au Purgatoire ou en Enfer, là où le jury présidé par Dieu vous aura envoyé en attendant non pas la lutte, mais la résurrection finale… Le corps n'est donc qu'une enveloppe sans intérêt. Ce principe se retrouve dans toutes les religions, même dans le bouddhisme qui, lui, défend, comme Platon, la métempsycose, c'est-à-dire la réincarnation. Si vraiment vous êtes croyant, vous ne redouterez donc pas la mort. Mais si vous avez peur de mourir, alors c'est que votre foi n'est, en réalité, pas très solide… Bref. Tout ça pour dire que cette dichotomie de l'âme d'une part et du corps d'autre part pose quelques problèmes. Descartes, dont nous avons souvent parlé, note à ce sujet que l'homme est composé de deux substances hétérogènes : la substance pensante, « *res cogitans* », et la substance étendue, la matière donc, « *res extensa* ». Oui, j'écris cela au tableau… Voilà… Or, là, il y a une difficulté. L'âme et le corps étant deux substances hétérogènes, comme l'eau et l'huile par exemple, comment peuvent-elles communiquer entre elles ? Comment deux choses de natures si différentes peuvent-elles interagir l'une sur l'autre ? Comment le spirituel peut-il agir sur le matériel, et le matériel sur le spirituel ? Ah… Ben oui, il y a un truc qui ne va pas… Mademoiselle Miquelis ? Ah oui, vous avez raison, je ne me suis pas assez expliqué. L'âme agirait sur le corps quand elle lui donne des ordres pour le mettre en mouvement… Par exemple, mon âme décide que je dois lever les bras et, hop !, mes bras sont levés. Dingue, non ? Monsieur Échaubard ? Ah non, souvenez-vous des principes du mécanisme : la respiration, les réflexes, etc. ne dépendent pas d'une décision consciente, ce sont des mécanismes corporels, dirait Descartes. La respiration ne dépend pas de ma volonté, ça respire tout seul, comme les aiguilles de la montre tournent toutes seules : c'est mécanique. Ça va, vous vous souvenez ? Mais le corps agit à son tour sur l'âme par l'intermédiaire, par exemple, de la douleur et du plaisir. Les aliments qui passent dans votre gosier produisent une impression sur votre âme. Mais comment est-ce que cela fonctionne si l'âme et le corps sont deux choses radicalement différentes ? Eh bien, pour résoudre cela, Descartes est bien ennuyé… Et il va affirmer que l'union entre l'âme et le corps se fait par l'intermédiaire d'« esprits animaux »… Oui ! Très bien, monsieur Laurenceau, il s'agit bien d'un oxymore ! Mademoiselle Sismondini ? Un oxymore, oui, je l'écris au tableau… Un oxymore, donc, c'est quand on réunit deux termes contradictoires, comme, euh… Monsieur Allavena, on vous écoute. « L'obscure clarté » du *Cid* ? Voilà, c'est ça. Exactement. Ça va, tout le monde a compris ? Alors dites-moi donc, mademoiselle Sismondini, pourquoi l'expression « esprits animaux » est-elle un oxymore ? Voilà, très bien. Et la maison des « esprits animaux » se situerait dans ce que Descartes appelle la « glande pinéale ». Je l'écris au tableau… Glande qui correspond à ce que l'on appelle aujourd'hui l'épiphyse. Avec toutes les heures de biologie que vous avez, je suppose qu'il est inutile que j'écrive ce mot au tableau. Si ? Bon… Vous voyez donc que cette explication ne tient pas vraiment la route. Parce qu'en réalité, c'est inexplicable. Alors, peut-être que dans la proposition « l'âme et le corps », faut-il comprendre le « et » de manière conjonctive. C'est l'idée que va défendre Nietzsche. Ttttttt, on se calme… Je réécris son nom au tableau… Qui se souvient ? N'oubliez pas que ça s'écrit comme ça se prononce en allemand, ha ha ! Allez, pour changer, mademoiselle Musolino ? Exact. N, I, E, T, Z, S, C, H, E. Voilà. Nietzsche, que vous connaissez bien maintenant, est, vous le savez, le philosophe du soupçon. C'est-à-dire qu'il interroge toujours les raisons qui font que telle ou telle chose est valorisée – je ne vais pas revenir là-dessus. Il s'interroge sur le statut privilégié que l'on accorde à la conscience et soutient l'idée qu'une distinction entre la conscience et le corps n'a aucune raison d'être. Sa critique va se faire en deux temps. Dans un premier temps, il va montrer que la conscience a une origine organique. Il écrit ainsi, dans *Le Gai Savoir*, deux points, ouvrez les guillemets… Vous y êtes pour la citation ? Je dicte : la conscience… la conscience est la dernière… et la plus tardive… et la plus tardive… évolution de la vie organique… évolution de la vie organique, de la vie organique, organique, virgule, et par conséquent, et par conséquent… c'est bon ? ce qu'il y a de plus inachevé et de moins solide… ce qu'il y a de plus inachevé et de moins solide… de moins solide en elle, point, fermez les guillemets. *Le Gai Savoir*, oui, mademoiselle Sismondini. Je relis : « La conscience est la dernière et la plus tardive évolution de la vie organique, et par conséquent ce qu'il y a de plus inachevé et de moins solide en elle. » Alors, qu'est-ce que ça signifie ? Eh bien que pour Nietzsche, la conscience ne s'oppose pas aux instincts, aux affects, etc., mais qu'ils sont de même nature. Vous voyez ? Pas bien ? Bon, disons qu'il n'y a aucune raison d'opposer la conscience au reste de l'organisme : elle en fait partie. Et comme les autres fonctions du corps, elle s'est développée au cours du temps. Ça va ? OK. N'oubliez pas que lorsqu'il écrit cela, en 1882, Darwin, que Nietzsche n'aime pourtant pas du tout – mais ça, c'est une autre histoire –, Darwin, donc, a déjà publié *De l'origine des espèces.* L'idée d'évolution est donc intégrée par les penseurs. Bref, si vous reprenez la phrase que je vous ai dictée, que dit précisément Nietzsche ? Que la conscience est « la dernière et la plus tardive évolution de la vie organique », c'est-à-dire qu'elle est encore une faculté embryonnaire, donc imparfaite. Vous voyez le coup de force ? Depuis l'Antiquité, les philosophes font de la conscience la spécificité de l'homme, ce qui le distingue essentiellement des autres animaux. Et Nietzsche, lui, nous explique que ce n'est pas le cas, que la conscience est inférieure au corps, qu'elle est ce qu'il y a de moins évolué dans l'organisme, que c'est à cause d'elle que l'homme s'égare sans cesse, qu'il s'invente des fictions tel que Dieu, le bien, le mal, etc. Si l'homme survit, estime Nietzsche à contrepied de la tradition, c'est grâce à ses instincts, à ses intuitions, dont la fonction est, si j'ose dire, de corriger le tir, vous voyez ? Oui, monsieur Laurenceau ? Très bonne question... Et l'âme, dans tout cela ? J'y viens... Ce que j'ai énoncé ici, à savoir que la conscience est une faculté embryonnaire, est le premier temps de la critique de Nietzsche. Mais il va plus loin – et nous allons retrouver l'âme, monsieur Laurenceau... Mais non, ne soyez pas désolé, je vous taquine, c'était une excellente question... Dans un second temps, ce que va affirmer notre moustachu préféré, c'est que ce statut privilégié que l'on accorde à la conscience, et même la croyance en l'existence de l'âme, à savoir un principe immortel indépendant du corps, serait le fruit d'un préjugé grammatical... Eh oui, je vous l'accorde, c'est étrange. C'est étrange, car nous avons des façons de penser héritées de la langue que nous utilisons, mais vous allez voir, c'est bien vu, tout à fait pertinent. Enfin, moi, je suis convaincu, mais chacun d'entre vous en jugera comme il l'entend. Le problème viendrait de la structure prédicative sujet + verbe... Attendez, vous allez voir, c'est très simple. Je vais écrire quelques phrases au tableau... « Je pense » et... je ne sais pas, moi... Oui, très bien, monsieur Gallardo, votre sens de l'ironie fait mouche : « Je dors. » Très bien. Bon. Vous vous souvenez de ce que vous avez appris à l'école primaire : comment retrouve-t-on le sujet dans une phrase ? Je m'exprime mal, pardon… Quelle question faut-il poser pour retrouver le sujet du verbe ? Pas tous à la fois ! On lève la main ! Allez, monsieur Jauffret-Perez, allez-y… Voilà : qui ? Alors, qui pense ? Qui dort ? Eh oui, c'est le je. *Je* pense, *je* dors, etc. Est-ce que vous voyez le problème ? Oui, monsieur Allavena ? Mais oui ! Oui, oui et encore oui, bravo ! C'est ça ! Parfaitement ça ! Cette structure sujet + verbe nous incite à croire qu'il y a quelque chose en nous, le *je*, qui est responsable de notre pensée comme de toutes nos actions. Ce serait le *je*, donc la conscience, qui déciderait de penser. Il y aurait donc une origine localisable de la pensée, et ce quelque chose qui pense pourrait bien être un principe tout à fait indépendant du corps, un principe à ce point indépendant du corps qu'il pourrait lui survivre – c'est ce qu'on a appelé l'âme. Et voilà : c'est la grammaire qui nous fait croire en l'existence de la conscience et, par extension, en celle de l'âme. Or, ce que montre Nietzsche, c'est que, oui, bien entendu qu'il y a de la pensée consciente, de la pensée maîtrisée, mais qu'en réalité, ce n'est qu'une toute petite partie de la pensée. Pourquoi ? Parce que le corps aussi pense ! Eh oui ! Je pense avec mon corps, avec mon visage, avec mes tripes, avec tout ce qui se passe en moi ! Vous le comprenez facilement : notre physique, par exemple, détermine notre rapport aux autres et au monde. Si on est jeune et beau, comme moi, on n'aura pas le même rapport au monde que si on est jeune et laid, vous voyez ? Monsieur Gallardo, vous voyez ce que je veux dire ? Oui, monsieur Gallardo, c'est exactement ce que je veux dire, vous êtes… Hum… Très beau. Très, très beau, oui, ha ha ! Non mais sérieusement, vous voyez ce que je veux dire ? Enfin, ce que Nietzsche veut dire ? Et de la même façon, la maladie, la fatigue, la douleur, etc. influent sur notre manière de penser. Pire encore, montre Nietzsche : je ne maîtrise pas toutes mes pensées, loin de là ! En réalité, il ne faudrait pas dire « *je* pense », mais « *ça* pense » ! « *Es gibt* », dirait-on en allemand : « Il y a. » Il y a de la pensée en moi, et ces pensées surgissent malgré le *je*. *Ça* pense malgré moi ! Vous pouvez le constater sans arrêt : vous êtes là, en train de réfléchir et malgré votre conscience, malgré votre *je*, il y a des pensées qui s'imposent à vous, puis d'autres, puis vous revenez à votre sujet de préoccupation, puis une autre pensée surgit, etc. En fait, il n'y a que par l'artifice de la littérature que des personnages peuvent avoir une pensée cohérente sur plusieurs pages. Pas dans la réalité, jamais. Il y a d'ailleurs un écrivain qui a parfaitement montré cela, c'est James Joyce. Ça vous dit quelque chose ? Non ? Bah, c'est normal, on ne vous apprend hélas pas grand-chose en littérature étrangère… J'écris son nom au tableau. James Joyce, donc, était irlandais. Il est né à la fin du XIXe siècle et est mort en 1941, enfin je crois. Bref. Sachez seulement qu'il a surtout vécu à l'étranger, en Suisse, en France et en Italie. Il est l'auteur d'un roman que d'aucuns considèrent comme le roman ultime, le chef-d'œuvre de tous les chefs-d'œuvre : *Ulysse*. Je vais vous étonner mais, contrairement à ce que je fais chaque fois que je vous parle d'un livre, je ne vous en recommande pas la lecture : c'est un livre très difficile à lire, chaque chapitre étant écrit dans un style différent… Non, je vous assure, c'est un pavé, très, très difficile. Même à vous, monsieur Allavena, qui voulez intégrer une prépa littéraire, je ne vous le conseille pas… Le livre s'appelle *Ulysse* parce que c'est une réécriture de l'*Odyssée* d'Homère. Et je vous rappelle qu'*Odyssée, « Odusseia »* en grec, ça ne veut pas dire « long voyage périlleux », mais « les aventures d'Ulysse » – Ulysse se disant « *Odusseus* » en grec. Oui, oui, oui, j'écris tout ça au tableau… Bref, ce livre raconte les pérégrinations dans les rues de Dublin d'un juif irlandais, un pauvre type du nom de Leopold Bloom, et l'action se passe en une seule journée, celle du 16 juin. D'ailleurs, pour l'anecdote, sachez que tous les 16 juin, se fête en Irlande, à Dublin en particulier, le Bloomsday, littéralement le jour de Bloom... Oui, oh, ça va... En tout cas, c'est vous dire l'importance de ce roman ! Bon. Leopold Bloom quitte son domicile à l'aube en sachant que sa femme, Molly, va le tromper. Ben oui, c'est comme ça, ce sont des choses qui arrivent. Vous verrez ! Bref, après tout un tas de mésaventures, il finit par rentrer chez lui en pleine nuit, totalement ivre. Or, le dernier chapitre, qui débute et se termine par le mot « oui », est éminemment nietzschéen. Pourquoi ? Parce que Joyce nous place dans la tête de Molly, la femme infidèle que Bloom a réveillée avant de s'endormir, afin de nous montrer comment la pensée fonctionne en réalité. Pour cela, Joyce supprime toute logique linéaire : les pensées de Molly passent sans cesse du coq à l'âne, et il supprime toute ponctuation. Ben oui, vous ne pensez pas avec des virgules et des points d'interrogations, vous pensez, c'est tout ! Ce monologue est donc une sorte de flux de pensée hyperréaliste où les pensées ont certes un fil conducteur, mais sont sans cesse interrompues par d'autres pensées, sans aucun enchaînement logique. Vous voyez ce que je veux dire ? Ah oui, je vous l'accorde, c'est génial, mais terriblement difficile à lire. Bref, vous avez compris où je veux en venir, vous voyez que cette histoire de conscience et d'âme qui n'existerait que par un préjugé grammatical est vraiment bien vue, non ? Bon, voici ce que Nietzsche en dit dans *Ainsi parlait Zarathoustra*. Je réécris Zarathoustra au tableau ? On en a déjà parlé à propos de la mort de Dieu. Bon, notez la citation suivante. Vous y êtes ? Ouvrez les guillemets, donc, le corps est une grande raison, est une grande raison… virgule… une multitude unanime… une multitude unanime, virgule… un état de paix… et de guerre, et de guerre… un état de paix et de guerre, virgule… un troupeau et son berger… et son berger… Désolé, la citation est un peu longue. Vous y êtes toujours ? Un point après berger. Cette petite raison… petite raison… que tu appelles… que tu appelles ton esprit, ton esprit… n'est qu'un instrument de ton corps, qu'un instrument de ton corps, de ton corps… virgule… et, monsieur Gallardo, un bien petit instrument… Ha ha ! Ça me fait si plaisir de vous revoir, monsieur Gallardo, que je n'ai pas pu m'en empêcher ! Un bien petit instrument, donc, virgule… on arrive à la fin… un jouet de ta grande raison, point final… un jouet de ta grande raison, point final, fermez les guillemets. Oui, mademoiselle Sismondini, je relis, comme toujours : « Le corps est une grande raison, une multitude unanime, un état de paix et de guerre, un troupeau et son berger. Cette petite raison que tu appelles ton esprit n'est qu'un instrument de ton corps, et un bien petit instrument, un jouet de ta grande raison. » C'est bon pour tout le monde ? Parfait. Il nous reste quelques minutes, alors encore un mot. Ce que montre Nietzsche par son analyse de la conscience, c'est aussi que, contrairement à ce que nous pourrions penser, le sujet n'est pas un. Il est multiple. Pour parodier la célèbre formule d'Arthur Rimbaud... Vous connaissez tous Rimbaud ? Oh, ça va, je demande, c'est tout ! Bon, Rimbaud, dans sa fameuse *Lettre du voyant* adressée à Georges Izambard, son ancien professeur, écrit... Allez-y, monsieur Allavena. Oui, c'est ça : « Je est un autre. » Nietzsche va plus loin : je n'est pas un autre, il est plein d'autres ! Et vous pouvez le constater en vous-mêmes ! Nous avons tous des désirs, des aspirations contradictoires : nous voulons l'un et son contraire, nous avons beau, par exemple, aimer notre compagne ou notre compagnon, nous désirons d'autres personnes, nous aimons nos amis et nos parents, mais les détestons en même temps, nous pensons ceci et cela, etc. Non ? Eh oui, et ne vous inquiétez pas : c'est normal ! Le moi n'est pas quelque chose d'unifié, il est plutôt comme, je ne sais pas moi, une boule à facettes... Oui, oui, vous pouvez rire, mais c'est ça : une boule à facettes ! Le problème est que la vie en société exige de nous une certaine cohérence. Si demain je ne me comportais plus comme aujourd'hui sous prétexte de laisser s'exprimer telle autre facette de ma personnalité, on me dirait que je ne suis plus moi-même, que je suis lunatique, etc. Pour éviter cela, je refoule tout un tas de désirs, d'humeurs et d'aspirations au profit d'une toute petite partie d'entre eux, ce qui crée nécessairement de la frustration. C'est pour cela que nous ne serons jamais heureux, désolé de vous l'apprendre. Nous ne le serons jamais parce que nos frustrations seront toujours plus nombreuses que nos satisfactions, c'est comme ça… Nous sommes condamnés à faire taire tout ce qui sourd en nous… En réalité, il y a bien une solution : la création artistique. Vous vous souvenez du mot de Flaubert, « Madame Bovary, c'est moi » ? Eh bien, cette phrase a beau être géniale, elle est apocryphe. Oui, mademoiselle Sismondini, je l'écris au tableau et j'explique… Apocryphe, ça veut dire à l'authenticité incertaine, voire erronée… Tout le monde se souvient de la dernière dissertation qu'a rendue monsieur Gallardo ? S'il a eu zéro, c'est parce que sa dissertation était apocryphe : il n'en était pas l'auteur, puisqu'il l'avait recopiée dans un Annabac, vous voyez ? Mais non, je ne vous en veux pas, monsieur Gallardo… C'est de l'histoire ancienne, nous sommes d'accord. Bon… Je disais donc que cette phrase est géniale parce qu'elle exprime une vérité de la création artistique : tous les personnages d'un roman, tous les tableaux d'un peintre, etc., expriment des pans de la personnalité de l'artiste. L'artiste est celui qui, par la création, échappe à cette affreuse mais nécessaire exigence sociale de cohérence. Ça me fait d'ailleurs penser à un poète que j'aime particulièrement, un poète portugais du nom de Fernando Pessoa. Ça vous dit quelque chose ? Non ? Bah, c'est comme pour Joyce, c'est normal… Hélas. Comme Joyce d'ailleurs, c'était un gros buveur, si gros buveur que sa statue, érigée à Lisbonne il y a deux ou trois ans, le représente assis à un guéridon sur l'esplanade du bar qu'il fréquentait assidûment ! C'est drôle, hein ? Pessoa, donc, est un poète du début du xxe siècle, mort dans les années 1930. Son nom, c'est tout de même amusant, signifie en portugais « personne ». Je l'écris au tableau… Voilà. Eh bien, ce Pessoa, qui n'a d'ailleurs presque rien publié de son vivant, qui écrivait sur des bouts de papier qu'il fourrait ensuite dans une malle, ce qui fait que les chercheurs sont aujourd'hui encore en train de reconstituer son œuvre, Pessoa, donc, avait tout un tas, non de pseudonymes ou de faux noms, mais d'hétéronymes, d'autres noms, des dizaines – Álvaro de Campos, Alberto Caeiro, Bernardo Soares, etc. – qui lui permettaient d'exprimer différentes facettes de sa personnalité. Álvaro de Campos, par exemple, est un poète qui trouve son inspiration en milieu urbain, alors que Caeiro est le poète bucolique par excellence, vous voyez ? Ben, justement non, monsieur Ducret, il n'était pas fou, au contraire : il a échappé à la folie en acceptant, en consentant à ses contradictions… Ah, eh bien, je ne sais pas… Lisez, par exemple, ce fabuleux poème signé Álvaro de Campos qui s'appelle « Bureau de tabac ». J'adore ce poème. Tenez, les premiers vers, mais je ne vous les dicte pas, je vous les récite pour mon seul plaisir : « Je ne suis rien/Jamais je ne serai rien/Je ne puis vouloir être rien/Cela dit, je porte en moi tous les rêves du monde. » Magnifique, non ? Pardon ? « Bureau de tabac », c'est dans les *Poèmes d'Álvaro de Campos*. Vous pourrez peut-être trouver ça au CDI ou à la bibliothèque, je ne sais pas. Sinon, est sorti il y a deux ou trois ans le premier volume de ce qui me semble être son chef-d'œuvre : le *Livre de l'intranquillité*, signé Bernardo Soares. Bon, ça va sonner, je vous en parlerai peut-être la prochaine fois. Prenez donc une dernière citation de Nietzsche que vous pourrez méditer d'ici après-demain. Très courte, je vous rassure. Vous y êtes ? Ouvrez les guillemets… nous sommes… une multiplicité… qui s'est construit une unité imaginaire. Point final, fermez les guillemets. Qui s'est construit… une unité… imaginaire. C'est bon pour tout le monde ? Très bien, je vous souhaite une bonne journée. Mademoiselle Sioniac ? Une question personnelle ? Deux ? Ben, je ne sais pas, ça dépend, je crois que c'est Oscar Wilde qui disait qu'il n'y a pas de questions indiscrètes, que seules les réponses peuvent l'être, allez-y… Ah oui, en effet, mais comment savez-vous cela ? Oui, c'est mon premier roman… Oui, oui, je pourrai vous le dédicacer, bien entendu. Et oui, c'est vrai aussi, je quitterai le lycée, Menton et la Côte d'Azur à la fin de l'année, oui, je m'en retourne chez moi, à Paris. Enfin, en région parisienne. Vos frères auront un autre professeur, ce n'est pas très grave… Oh, c'est gentil, je vous remercie, mademoiselle. Bonne journée, à jeudi.

1995

BRUNOY

À TRENTE KILOMÈTRES DE PARIS, à l'extrémité orientale de la Brie, dans l'Essonne, la gare de Brunoy n'est le centre de rien d'autre que de Brunoy. Au nord de la ligne de RER bordée d'immeubles récents et déjà défraîchis, aucune fantaisie. Rien que de monotones alignements de maisons en meulière qu'égayent parfois, à l'abri d'ombreux feuillages, quelques anciennes folies désormais bien raisonnables, qui s'étiolent en interminables rangées de pavillons tristounets venant buter contre de paisibles cités HLM à cheval sur Villecresnes, la commune voisine – là où le même schéma se répète en sens inverse. Au sud, un minuscule centre-ville pavé de tristesse, où s'entremêlent bâtisses du XVIIIe siècle et immeubles modernes de trois ou quatre étages, se déverse jusqu'aux rives de l'Yerres, dont les eaux limoneuses et glauques, languides et algueuses, comme figées par la torpeur ambiante, semblent trop faibles pour fluer jusqu'à Villeneuve-Saint-Georges, y gagner la Seine et, de là, la mer. Brunoy continue de s'étendre sur le versant méridional du plateau, auquel on accède par des raidillons serpentins bordés de demeures majestueuses, tantôt en meulière, tantôt en pierres de taille. Au sommet, la ville se partage en deux parties contiguës, l'une composée de résidences ayant aspiré au luxe bourgeois lors de leur construction dans les années 1970, l'autre de lotissements pavillonnaires uniformes de la même époque. La forêt domaniale de Sénart, où fouines, blaireaux, putois et bécasses gambadent entre chênes et bouleaux, a mis fin à l'expansion de la ville. Avec ses sept kilomètres carrés, ses vingt-cinq mille âmes, son climat océanique dégradé, frisquet l'hiver, tempéré l'été, Brunoy est une ville à peine moyenne, une localité morose que le friselis de son cours d'eau, ses élégantes demeures et ses rues fleuries où, le printemps venu, glycines et lilas semblent se chamailler, ne parviennent pas à égayer ; plutôt jolie, comme ville, mais sans plus de charme que ces adolescentes qui, à trop se maquiller, parviennent un instant, mais un instant seulement, à faire oublier leur fadeur.

C'est là, à Brunoy, qu'il avait été affecté à son arrivée dans l'académie de Versailles. Il dut s'en estimer heureux, car de toutes les villes où il aurait pu être nommé, Brunoy était la plus proche et la plus accessible de Paris. Pourtant, savoir qu'il lui faudrait y travailler sept à huit années avant de pouvoir espérer sa mutation dans l'académie de Paris – grâce aux points dits de « séparation de conjoint » – le déprimait chaque fois qu'il y pensait. Il s'efforçait donc de n'y pas penser. Tous les matins, il s'arrêtait sur le parvis de la gare, allumait une cigarette et la fumait, immobile, l'esprit entièrement vide. Le temps que les élèves des communes environnantes, arrivés par le RER ou les bus intercommunaux, s'engouffrent dans la seule rue menant au centre-ville et gênent la course en sens inverse des derniers retardataires espérant encore attraper leur RER pour Paris. Là, tel un condamné à mort, il savourait ses derniers instants de solitude. Lorsque l'horloge de la gare finissait par marquer 8 h 05, il écrasait son mégot et franchissait la rue de la République, dont les commerces – deux kébabs, une alimentation générale, un laboratoire médical, un fleuriste, un chausseur, un opticien et une agence de voyages – étaient encore fermés. À l'exception du bar-tabac, où chômeurs et ouvriers sirotaient qui un café, qui un ballon de blanc. À son tour, il empruntait la rue de la Gare. Dans sa première partie, elle avait pour particularité absurde d'être construite en miroir : s'y faisaient face deux boulangeries, deux opticiens et deux boucheries, tandis que, ironie du sort ou perversité commerçante, une boutique de pompes funèbres se trouvait en vis-à-vis des locaux de la police municipale.

Elle obliquait ensuite sur la droite pour longer la place de la Mairie, que les derniers élèves devaient traverser afin de rejoindre au plus vite la rue du Pont-Perronet, qui descendait vers l'Yerres. Pour éviter de les rattraper, il la contournait et s'offrait un détour par la Grande-Rue, avant de revenir sur ses pas en glissant le long de la place Saint-Médard, de passer devant l'église romane que d'incongrues rénovations à coups de crépi jaunâtre avaient transfiguré en chapelle provençale, et de prendre la rue Montmartel. Là, rien de remarquable : quelques commerces de proximité, six banques et autant d'agences immobilières. Au bout de la rue Montmartel, il rattrapait la rue du Pont-Perronet, passait le pont éponyme qui enjambait l'Yerres, et s'en allait attendre au creux de la vallée que le feu de signalisation l'autorisât à traverser la départementale à cinq voies, où filaient à toute allure les riverains qui, à tout prendre, préféraient encore les embouteillages à l'entrée de Paris aux RER crasseux et bondés. Ici, l'automobile était symbole de puissance et de liberté. Tout bon père de famille la bichonnait chaque week-end, la lustrait langoureusement au jet et la caressait amoureusement à la peau de chamois – l'adolescent, lui, la désirait plus que son bac. Quand il était temps de s'engager sur le passage piéton, la vigilance restait de mise : à Brunoy comme dans toutes les villes sans histoire, on aimait faire rugir sa Clio ou gronder sa 205 GTI. Il remontait ensuite l'abrupte rue Talma et, enfin, sur sa gauche, atteignait le lycée. Un établissement vétuste, fonctionnel et poussiéreux, où cohabitaient de plus ou moins bon gré une centaine de professeurs et un bon millier d'élèves qui, à cette heure, bavardaient en petits groupes devant les grilles et lui faisaient penser à la manière dont Ambrose Bierce définissait le lycée : « 1/. École antique où l'on s'entretenait de morale et de philosophie. 2/. École moderne où l'on discute de football. »

À l'image de Brunoy, la nomenclature des rues, avenues, routes et chemins était sans originalité ni fantaisies. Si, au-delà des noms de notables qui ne disaient plus rien à personne, ceux de généraux et d'hommes politiques triomphaient le plus souvent sur les plaques, on pouvait aussi dénicher quelques patronymes de peintres, de musiciens et de scientifiques. Voire d'honorables écrivains piochés au hasard d'un *Lagarde et Michard*. Pour le reste, les noms d'arbres et de fleurs, d'animaux, de pays ou de villes alentour constituaient la plupart des odonymes. Comme pour sauver l'honneur, seules les trois dernières rues empruntées – Montmartel, Perronet et Talma – faisaient référence à des personnages historiques locaux.

Mais qui se souvenait de ces figures mineures de l'histoire de France ?

Le nom de Montmartel était celui que s'était attribué un parvenu : Jean Pâris, fils d'un aubergiste du Dauphiné qui, à force d'intrigues et après s'être enrichi dans le commerce des armes et la traite négrière (les raisons de s'enorgueillir sont trop rares à Brunoy pour se montrer regardant), était devenu sous Louis XV le personnage le plus riche et influent du royaume. Banquier de la Cour, il avait acheté le domaine abandonné de Brunoy pour en faire un marquisat. Sous l'impulsion de ce cauteleux fripon, parrain de la Pompadour – autre parvenue –, Brunoy connut une gloire éphémère : la munificence des jardins du château, aujourd'hui disparu, le disputait à ceux de Versailles. Lorsque le sieur Montmartel mourut, en 1766, son unique fils, Armand, dix-huit ans, hérita de la totalité de sa fortune. Revenu des hypocrisies de cour, celui-ci avait déjà quitté cette petite coterie de flagorneurs pour se réfugier à Brunoy. Où il épousa l'héritière d'une des plus illustres familles de la noblesse française : Émilie de Pérusse d'Escars. Las, quelques jours plus tard, la jeune fille, dix-sept ans, décampa. À sa décharge, le jeune marquis était un curieux personnage : admirateur de Rousseau, il ne rêvait que de transformer son château en un Versailles pour les pauvres. Ses serviteurs étaient vêtus de luxueux habits, quand lui sortait sans chapeau ni cravate, portait des bas troués, ne changeait sa chemise que lorsqu'elle était bonne à jeter. La journée, il travaillait à l'embellissement du château en bonne intelligence avec ses ouvriers. Le soir venu, il ripaillait avec les gens du peuple et, ultime pied de nez à la noblesse, distribuait largement titres, blasons et domaines. Son train de vie était d'autant plus dispendieux qu'il nourrissait les malheureux des environs et dotait les paysannes trop pauvres pour se marier. Philanthrope farfelu, il exigeait d'être le parrain de tous les nouveau-nés, si bien qu'il ne fut bientôt plus un marmot du coin qui ne s'appelât Armand ou Armande. Joyeux drille, le marquis était pourtant atteint d'une monomanie assez morbide : rien ne le réjouissait plus que d'assister aux enterrements de la région, de porter les cercueils, et pourquoi pas de mettre lui-même ses filleuls en terre. Pour les funérailles de son père, déjà, il avait littéralement enveloppé le château et l'église de draps noirs, ainsi que les arbres et les statues, et fait repeindre de la même couleur les maisons, mais aussi les chevaux, les vaches et les poules. Et pour que tout fût parfaitement lugubre, il avait fait verser des muids d'encre de Chine dans les bassins du château et les marécages de l'Yerres. On disait aussi qu'il avait fait boire à ses chevaux un liquide qui noircissait leurs urines. Ces frasques excédèrent tant son épouse et le comte de Provence, futur Louis XVIII, qu'ils intriguèrent au plus haut niveau afin de lui confisquer ses terres, ainsi que les derniers vestiges de sa fortune. Après plusieurs procès, Armand fut finalement emprisonné, puis assigné à résidence à Villiers, où il mourut à trente-trois ans de la variole. Le second Montmartel fut aussi le dernier.

Sitôt qu'il eût mis la main sur les terres du malheureux marquis, le comte de Provence fit venir à Brunoy l'architecte et ingénieur Jean-Rodolphe Perronet afin qu'il y bâtît le pont qui porte désormais son nom. Co-fondateur de l'école des Ponts et Chaussées, celui qui allait construire le pont de la Concorde avec les pierres de la Bastille tout juste démolie, n'avait jamais mis les pieds à Brunoy et, les travaux terminés, ne les y remit plus. À Jacques-Germain Soufflot, le comte de Provence commanda un obélisque pour marquer l'entrée de la forêt de Sénart, mais, ne s'y étant jamais rendu, l'architecte du Panthéon ne fut jamais honoré d'aucune rue à son nom – à Brunoy, on a ses petites susceptibilités. Ce qui n'empêcha pas les habitants de qualifier ledit obélisque de « pyramide » – à Brunoy, on a quelque prétention.

La plus célèbre figure de Brunoy est François-Joseph Talma, un des plus fameux comédiens de son temps, au point que l'Empereur lui-même l'admirait. Quel titre de gloire pour la ville ! Gloire frelatée, cependant, car c'est seulement comme dentiste que Talma s'installa à Brunoy, dans les dernières années du XVIIIe siècle. Il s'y morfondit quelque temps avant de s'établir à Paris et de se consacrer au théâtre. Bien qu'ayant conservé une résidence secondaire à Brunoy, où il avait abandonné femme et enfants, Talma, esthète aguerri, ne daigna pas y rendre l'âme, jugeant plus conforme à son rang de s'éteindre entre les murs capitonnés de son hôtel particulier du 9e arrondissement, avant d'être à jamais étendu dans la noble terre du Père-Lachaise. Brunoy était alors à son apogée ; son long déclin pouvait commencer.

Plus tard, du temps où les femmes accouchaient encore chez elles (puisqu'ici il n'y a pas de maternité), est né à Brunoy l'un des plus grands comédiens français : Michel Serrault. À la mairie, son nom ne tarderait cependant pas à être tabou : l'acteur avait gardé un tel souvenir de son enfance brunoyenne qu'il refusa que la nouvelle salle des fêtes fût baptisée en son honneur ; il alla jusqu'à interdire à la municipalité d'utiliser son nom après sa mort. Finalement, le seul enfant du pays qui, sans être né à Brunoy, y a grandi, aimé et travaillé, avant de rencontrer la célébrité, est un certain Patrick Trémeau, mémorable « violeur des parkings » qui sévissait dans l'Est parisien. Trémeau était un pervers comme les annales judiciaires en comptent peu : une fois son forfait achevé, il parlait d'amour à ses victimes et leur offrait des bijoux volés.

Pas de quoi s'enorgueillir d'habiter Brunoy, décidément.

De quoi d'ailleurs les Brunoyens pourraient-ils se vanter ? Aucune spécialité culinaire, aucun artisanat, aucun monument, pas même aux morts : rien de ce qui fait la juste réputation d'une commune. Le pont et l'obélisque sont des ouvrages bien trop modestes pour intéresser ne serait-ce que les autochtones, qui ne connaissent de toute façon rien de leur ville. Lorsqu'au cours d'une conversation ils indiquent résider à Brunoy, ils ne peuvent rien provoquer d'autre qu'une moue incrédule à laquelle ils répondent, tels des cancres pris en faute par leur instituteur, en bafouillant une série d'approximations géographiques : nord-est de l'Essonne, frontière avec le Val-de-Marne et la Seine-et-Marne, quelque part entre Villeneuve-Saint-Georges et Melun. Comment situer une ville insignifiante, mitoyenne d'autres villes au moins aussi insignifiantes ? Pas plus avancés, leurs interlocuteurs acquiescent en général poliment, puis changent de sujet. C'est précisément ce qui se passait lorsqu'on demandait à Mittelmann où il travaillait. Et même s'il n'y faisait que travailler, on le plaignait.

Brunoy avait pourtant connu une explosion démographique au début des années 1970 : sa population avait alors plus que doublé. Arrivèrent en masse de jeunes tourtereaux heureux de pouvoir s'offrir un grand appartement au prix de trois ou quatre dizaines de mètres carrés à Paris ou, mieux encore, un pavillon à peu près aussi préfabriqué qu'eux. Ce ne fut pas la ruée vers l'or, mais vers la propriété. À l'effervescence de Paris, à ses mille et une sollicitations, ces jeunes couples préféraient les langueurs périphériques. L'*American way of life* avait séduit les enfants du baby-boom, persuadés par la machine hollywoodienne que le paradis sur Terre n'était pas dans les grandes villes, mais dans leurs banlieues. Et que le barbecue dominical avec les beaux-parents (ou les voisins) constituait l'essence même du bonheur. À quoi rêver d'autre, sinon à une orgie de chipolatas, de brochettes et de merguez achetées à l'hypermarché de la zone commerciale la plus proche ? Leurs instincts de petits propriétaires comblés, ces jeunes gens s'imaginaient déjà le cul sur leurs transats en plastique, le cubi de rosé à portée de main, leur œil parental incessamment posé sur leur progéniture cabriolant sur la pelouse, glissant sur de minuscules toboggans multicolores ou barbotant dans une piscine gonflable. Car c'était aussi le bien-être supposé de leurs rejetons qui les avait guidés là. Leur devoir de parents n'était-il pas de leur permettre de grandir au bon air, loin du capharnaüm urbain et de ses pollutions? C'était négliger le fait que ces enfants finiraient par devenir des adolescents qui, dans une ville comme celle-ci, sans endroits où festoyer ni s'émerveiller, n'auraient rien d'autre à faire, le soir, que traîner chez les uns et les autres, se retrouver dans les parcs pour s'y saouler de mauvaises bières et s'y défoncer au cannabis (au mieux).

Perdue dans les limbes de l'Île-de-France, Brunoy est à la fois trop proche et trop éloignée de Paris : trop proche pour y jouir d'une quelconque douceur provinciale, trop éloignée pour profiter des joies et autres plaisirs de la capitale, dont les jeunes Brunoyens ne connaissent de toute façon que les commerces des Champs-Élysées et des Halles. Brunoy, ce n'est pas la banlieue : c'est la banlieue de la banlieue. Découragés par la lenteur, les dysfonctionnements et, le soir, la rareté et l'insécurité supposée des RER (sentiment aggravé par les attentats du GIA de l'été 1995), ils préfèrent aux folles soirées parisiennes leur routine abrutissante.

Avec l'ennui comme mode de vie, ce sont ces adolescents qui, aujourd'hui, constituent le public de Mittelmann. Curieusement, constatait-il, ils étaient peu nombreux à rêver de quitter Brunoy – pour Paris ou ailleurs. La plupart cultivaient les idéaux atrophiés de leurs parents, et n'avaient pour ambition que de gagner un peu plus d'argent qu'eux, de passer leurs week-ends dans des parcs d'attractions et leurs vacances dans les impersonnels complexes hôteliers d'exotiques stations balnéaires. Le seul superpouvoir dont ils rêvaient était le pouvoir d'achat. Le ver petit-bourgeois était dans le fruit de leur jeunesse : il la dévorait peu à peu et finirait par la tuer avant l'heure.

À Brunoy, on ne vit pas : on habite. Sauf exception, les Brunoyens travaillent à Paris. Ils quittent leur domicile aux premières lueurs et n'y reviennent qu'aux dernières. Puis s'y enferment et n'en sortent que le samedi pour faire le plein dans les centres commerciaux. Quand, à la fin du trimestre, Mittelmann quittait le lycée après 19 h 30 à cause des conseils de classe, il retournait à la gare par des rues inutilement éclairées et se donnait alors l'impression de violer quelque couvre-feu : commerces et volets étaient fermés, il ne croisait personne, sinon un ou deux attardés qui se hâtaient de rejoindre leurs pénates. Ici, rien de ce qui est extérieur à la cellule familiale n'est digne d'intérêt : le foyer est le feu central autour duquel tournent, dérisoires, quelques constellations inconnues. Ici, pas d'individus, seulement des familles. Repliées sur elles-mêmes, et qui ne demandent rien d'autre à leur maire – évidemment conservateur – qu'assurer la propreté et la sécurité de leur ville. Après-guerre, Brunoy n'a connu que deux maires : le premier a enchaîné les mandats pendant trente ans, le second, en poste depuis vingt ans, le restera jusqu'à ce que, comme son prédécesseur, l'âge ne lui permette plus de se maintenir éveillé en conseil municipal. Le mobilier urbain est condamné à demeurer flambant neuf: les rues parsemées de bancs sur lesquels personne ne s'assoit, de panneaux d'affichage qui n'ont rien à afficher, enfin les parcs, merveilleusement aménagés, entretenus, sont déserts, les enfants préférant jouer dans le jardin de leur maison ou de leur résidence. Suréquipée, la police municipale, elle, veille. À quoi? Difficile à dire, il ne se passe jamais rien à Brunoy. Cela n'empêche pas les habitants de craindre ces hordes sauvages issues de l'immigration arabo-africaine qui, de la ville voisine d'Épinay-sous-Sénart – autrefois un village entouré de champs de blé d'où surgirent dans les années 1970 des bouquets de tours HLM –, passent parfois dans Brunoy, ne serait-ce que pour se rendre au lycée. Même là, dans le sanctuaire de l'égalité des chances, les jeunesses de Brunoy et d'Épinay se croisent sans jamais se mélanger, les premiers parce qu'ils suivent un enseignement général dans le bâtiment A, les seconds un enseignement technologique dans le bâtiment B. Épinay est une verrue sur le nez du Val d'Yerres: si vous flânez dans Brunoy, vous pouvez vous retrouver à Yerres, Mandres-les-Roses, Villecresnes ou Montgeron sans même vous en rendre compte, tant se ressemblent ces villes sans âme ; en revanche, si vous sortez de Brunoy par l'est, alors vous verrez apparaître quelques barres verticales qui vous feront illico faire demi-tour.

Nul risque cependant que cela arrive car, ici, personne ne se promène. Excepté Mittelmann. Que le temps fût à la canicule, à la pluie ou à la neige, il lui était si pénible de faire le pied de grue en salle des professeurs que, à la moindre heure creuse, il arpentait les artères de la ville qui, comme celles d'un cadavre, ne charriaient que du vide. L'activité était tellement insignifiante qu'il n'y apercevait jamais le moindre SDF : il y serait mort de faim. Aucun paysage, aucun chemin de traverse, aucun édifice n'invite à la flânerie. Ici, tout est lisse et monotone, rien ne gode. Passer dans une rue de Brunoy, c'est passer dans toutes ses rues. Longues et uniformes, résidentielles et désertes, elles ne mènent nulle part sinon à d'autres rues, longues et uniformes, résidentielles et désertes – le tout formant un quadrillage d'une admirable régularité.

S'il n'y avait pas un chat dans les rues, il y avait des chiens dans toutes les propriétés. Les panneaux « Chien méchant », « Je monte la garde », voire « Entre qui veut, sors qui peut », n'étaient pas de l'esbroufe. Parfois, quand ce n'était pas de hauts murs de meulière couronnés de tessons de bouteille scintillant au soleil qui protégeaient les propriétés, mais de simples grilles de fer forgé, l'irruption écumante d'un molosse à l'ancienne, de type doberman ou berger allemand lui causait de telles frayeurs qu'il pressait le pas en priant Dieu que les clôtures fussent assez hautes. Il n'était pas rare de voir une fenêtre s'entrouvrir sur le regard suspicieux d'une femme au foyer. Car se balader dans Brunoy, c'est faire figure de crapule en repérage – il s'étonnait que son identité n'eût pas encore été contrôlée. Une impression de surréalité, de s'être égaré dans une effroyable dystopie le saisissait alors, mais il poursuivait sa route, effaré par le nombre de caméras de surveillance qui surplombaient les portails. Il tâchait bien de se laisser aller à la rêverie, mais dès qu'il apercevait l'un d'eux resté inexplicablement ouvert, il ne pouvait s'empêcher de penser qu'un chien allait lui sauter à la gorge. Retenant son souffle, il passait son chemin en vitesse accélérée, tout en jetant un coup d'œil furtif aux maisons recroquevillées derrière leurs jardins et leurs pelouses parfaitement rasées, leurs silencieuses charmilles de buissons-ardents parfaitement taillées, leurs massifs d'hortensias parfaitement émondés, leurs plates-bandes de bégonias parfaitement délimitées, entre lesquelles se désolaient de malheureux nains en céramique.

Il s'était longtemps interrogé sur l'attitude des rares piétons qu'il lui arrivait de croiser. Chaque fois, c'était le même duel du pauvre : hommes ou femmes, jeunes ou vieux, ils le toisaient avant d'adopter un air plus résolu, de regarder droit devant eux et de faire comme s'il n'eut pas existé. Les trottoirs étant trop étroits pour s'y croiser, c'était à qui s'effacerait le premier. C'était toujours lui. Et si leurs bras par malheur s'effleuraient, il était toujours le seul à s'en excuser. Ce devait être là une manière de se sentir exister. Le cogito des ectoplasmes, en somme : je bouscule donc je suis.

De cette insignifiance généralisée émergeait cependant une originalité à laquelle personne n'a jamais prêté attention : le bar-tabac face à la gare. Le lieu en lui-même, tenu par des Serbes ou des Croates, en tout cas un clan originaire d'une Yougoslavie en pleine décomposition, n'avait rien d'extraordinaire. L'extérieur était on ne peut plus banal : des vitrines barbouillées de publicités pour Leffe ou Orangina et d'affichettes annonçant les gains à la loterie, le prix des boissons et du plat du jour. L'intérieur semblait n'avoir jamais été rénové. À gauche du guichet, une salle de restaurant désuète, vide jusqu'à midi, heure à laquelle les employés de la mairie, des banques et des agences immobilières venaient, avec une déroutante ponctualité, écouler en silence leurs tickets-restaurants en steaks-frites ou en petits salés aux lentilles. Sur la droite, le vacarme était assourdissant : du matin au soir, le long du comptoir en Formica, s'agglutinaient les désœuvrés de Brunoy. L'haleine empâtée, confite au Ricard, ça s'invectivait pour le plaisir de l'invective, ça s'esclaffait pour le plaisir de l'esclaffe, ça commentait l'actualité pour le plaisir de raconter n'importe quoi. Un troquet comme un autre. Mais ce n'était pas le lieu qui était singulier, c'était son nom. On s'attendait à un Balto, un Narval, un Marigny, mais non, l'établissement s'appelait l'Anacréon. Anacréon. Quoi de plus étonnant, en ces parages, qu'un bistrot portant le nom d'un poète largement oublié mais qui, cinq siècles avant Jésus-Christ, était considéré comme le plus grand de son temps. Au point qu'une galère lui fut dépêchée à Téos par le tyran Hipparque, grand protecteur des arts, pour l'amener à Athènes, où il fréquenta certainement Socrate, Eschyle, Simonide et quelques d'autres. Quel étonnant ou facétieux tenancier avait donc eu l'idée de baptiser son bar-tabac du nom de ce poète dionysiaque ? De tous les scénarios qu'il s'était imaginés, il en était un qui avait fini par s'imposer, malgré son caractère improbable : celui d'un universitaire écœuré par la médiocrité de ses étudiants et la mesquinerie de ses collègues, helléniste quinqua, alcoolique et divorcé, ayant renoncé à une vie aussi confortable que ratée pour se retirer dans une ville au milieu de nulle part, le scénario d'un homme ayant sans doute entendu parler d'Armand de Montmartel et choisi Brunoy pour cette raison, un mélancolique qui, sans aller jusqu'à toucher le fond du désespoir, n'attendait tellement plus rien de l'existence qu'il avait décidé d'ouvrir un rade pour s'enivrer de mots et d'alcool et, entre deux tournées, abreuver de poésie grecque ses clients hilares en chantant : « Je suis vieux, il est vrai, mais je bois plus que les jeunes gens ; et si je veux danser, une outre devient mon sceptre, je n'ai besoin d'aucun appui. » Peut-être cet homme était-il mort comme son maître : étouffé par un raisin sec avalé de travers.

1999

LES SUSHIS

LA NOUVELLE AURAIT DÛ LE SURPRENDRE, mais non. Disons qu'elle l'avait simplement étonné.

Depuis l'automne, Perrine, surchargée de travail, ne rentrait jamais avant 21 h, lui abandonnant ainsi la préparation du dîner. La chose était si nouvelle pour lui que le repas se résumait à des quiches, des pâtes – dont il variait les sortes et les accompagnements – et surtout des plats surgelés. Lorsqu'elle lui suggérait de ne pas l'attendre, c'était fête : il ouvrait grand les fenêtres, sirotait un – deux – verres en fumant, puis cassait la graine en lisant ou en écoutant la radio. Lorsqu'elle finissait par arriver, il la servait et s'asseyait à ses côtés, tandis qu'à son tour elle dînait. Perrine l'interrogeait sur sa journée. S'il l'avait passée à la maison à faire des recherches ou à écrire, il lui résumait ses progrès en quelques mots ; s'il l'avait passée au lycée, il se contentait du sempiternel *rien de spécial, comme d'hab*. Perrine, elle, trouvait toutes ses journées dignes d'intérêt. À tort, pensait-il. Elle aimait les lui retracer, expliquer en détail son travail pour telle ou telle entreprise, ce qu'au bureau untel ou unetelle lui avait raconté. Il l'écoutait sans l'entendre. Son attention devenait aussi flottante que celle d'un psychanalyste : l'air grave, il laissait s'écouler en lui cette logorrhée quotidienne, laquelle, après avoir emprunté ses canaux auditifs, finissait par se déverser dans les eaux bourbeuses de sa mémoire. Il parvenait tout de même à hocher la tête quand il le fallait, parfois même à poser des questions, mais sa propre voix lui parvenait comme si elle n'eut pas été la sienne, et bien sûr il ne prêtait aucune attention aux réponses de Perrine. Avec le temps, les prénoms qu'elle évoquait lui étaient devenus familiers, mais ce n'était que des étiquettes sans objets. Il ne connaissait que Séverine et Rémi, qu'elle invitait souvent à dîner avec leurs conjoints.

Même au cours de ces soirées, le processus d'identification n'était pas simple : s'il avait mémorisé que Séverine, discrète et gentille fille tout en longueur, cheveux filasseux tirant sur le roux et visage taché de son, était l'assistante de Perrine chez Romero Expertises, et que le gars invariablement placé à ses côtés, avec sa grande gueule et son accent du Midi – Florent ou Florian, il n'avait jamais bien su –, courtier en assurances de son état, était son mari, les choses se compliquaient avec Rémi et son compagnon : de stature comparable et semblablement accoutrés, tous deux étaient asiatiques et experts-comptables, et tous deux se prénommaient Rémi ; si bien que, malgré leur disharmonie capillaire – l'un ayant les cheveux raides et soyeux, quand l'autre les avait courts et coupés en brosse –, il ne les distinguait pas plus que, enfant, il ne parvenait à distinguer Dupond et Dupont à la forme tombante ou troussée de leurs moustaches. Aussi n'avait-il jamais bien su lequel était le collaborateur de Perrine. Ces soirs-là, il se sentait en excédent, et cette sensation était si inconfortable que, pour en épargner Perrine, il n'invitait aucun de ses amis du milieu littéraire. Pas même Marc qui, depuis son remariage avec Géraldine Bouvier, une sommité de la cardiologie, était devenu son meilleur ami.

Ces dîners ne lui étaient supportables que par la grâce du plus précieux des alliés : l'alcool. Tout était question de dosage : s'il manquait de vin, il donnait libre cours à son ennui ; s'il en buvait trop, il devenait ironique, voire chicaneur. Ce qui dans les deux cas lui valait d'amères remontrances, une fois les convives partis. Il se préparait à ces soirées en prenant seul l'apéritif, avant l'arrivée des invités, sous le regard réprobateur mais conciliant de Perrine.

Alors seulement il parvenait à discuter football avec Florian (ou Florent), à rire aux blagues de Florent (ou Florian), et même à participer au grand déballage de lieux communs sur l'actualité politique, sans jamais aborder les sujets qui lui tenaient à cœur. De temps à autre, il s'exilait sur le balcon pour y fumer une cigarette. Tandis que de l'autre côté du boulevard Voltaire se déroulaient de comparables soirées où d'autres, comme lui, devaient supporter d'écouter ou d'ennuyer en prenant la parole, il éprouvait l'atroce sensation de perdre son temps. Mais, par amour, il jouait le jeu. Après avoir contemplé son mégot tomber dans le vide puis s'écraser en une petite gerbe d'étincelles sur le bitume, il rentrait et, son verre à la main, la voix détimbrée et la bouche ferreuse, se laissait de nouveau aller à une radieuse superficialité. Du moins quand, à la place de Séverine et Florent (ou Florian), n'étaient pas invités Didier et sa femme. Là, il lui était généralement si difficile de conserver son calme qu'il buvait plus que de raison.

Il faut dire que tout, en Didier, l'exaspérait. À commencer par sa physionomie de mannequin pour La Redoute. Grand, solidement bâti, il avait les yeux aussi bleus que le cul d'un Schtroumpf et les cheveux, parfaitement gominés, de la blondeur d'une crêpe mal cuite. Ils étaient l'un pour l'autre ce que chacun d'eux n'avait pas voulu devenir : Didier méprisait les fonctionnaires, Mittelmann se persuadait que la réussite sociale était l'apanage des gens dépourvus d'imagination. Avec sa chevelure et sa barbe négligées, ses pantalons confortables et ses amples chemises en lin, Mittelmann était l'antithèse de ce chef d'entreprise à la cool, engoncé dans ses jeans étroits et ses chemises cintrées à rayures pastel et col blanc – des *Façonnable*, ne manquait-il jamais de préciser.

Gwendoline, sa femme, était vétérinaire à Sceaux. C'est au lycée que Didier, issu de la classe moyenne, avait réussi à séduire cette fade jeune fille de la grande bourgeoisie séculaire des Hauts-de-Seine. N'ayant jamais rien à dire, elle affichait constamment un sourire aussi débile qu'indélébile, où transparaissait une certaine morgue, de sorte qu'il s'était souvent demandé si la vanité de ce type ne dissimulait pas le sentiment d'infériorité de celui qui, ayant intégré une classe sociale supérieure à la sienne, pense devoir faire ses preuves pour se sentir légitime. Lorsqu'ils étaient invités, ils arrivaient les bras chargés de vin ou de champagne, de chocolats fins ou de bouquets de fleurs. Aussitôt, Didier s'empressait de préciser avoir profité des recommandations de *son* caviste, *son* confiseur, *son* fleuriste. À peine étaient-ils débarrassés de leurs effets que leurs deux mômes, petits braillards aussi crétins et mal élevés l'un que l'autre, avaient filé dans la chambre avec leurs consoles de jeux. Leurs vociférations et leurs pleurs ne seraient interrompus que par la dévoration de leur assiette et les interventions de leur paternel qui, quand il ne s'entendait plus lui-même parler, leur ordonnait en anglais (pourquoi ?) de se taire.

À table en effet, ce bellâtre adorait monopoliser l'attention. Il avait l'art de ramener à lui toute conversation : si l'un des convives se mettait à raconter un voyage, il l'interrompait aussitôt pour évoquer leur propre séjour, à Gwendoline et à lui, dans le pays en question – ou, s'ils ne s'y étaient jamais rendus, leur préférence pour le pays voisin ; si un autre mentionnait ne serait-ce que des asperges, il faisait l'éloge d'un restaurant étoilé qui les préparait *admirablement*. Il avait l'outrecuidance des ignares qui pensent avoir réussi leur vie et parlait avec une affectation qui contrastait avec la pauvreté de son vocabulaire gangrené de « globish ». Ingénieur en mécanique des fluides, il avait connu Perrine et l'un des deux Rémi lors de la création de *sa boîte*, comme il disait, spécialisée dans le développement durable pour le BTP. Après s'être lié d'amitié avec eux, il leur en avait confié la gestion fiscale, financière et comptable. Il n'avait de cesse de les complimenter sur leur travail, afin qu'en retour ils vantassent ses propres succès – éloges qu'il refusait naturellement avec une modestie qu'il croyait feindre en insistant sur la qualité de ses équipes, qu'il se glorifiait de payer au prix fort, *dix pour cent de plus que ce qu'ils pourraient espérer ailleurs*, non qu'il fût généreux, plaisantait-il, mais parce que *de bons salaires et de bonnes conditions de travail fidélisent les employés et améliorent leur productivité*. C'était, à l'entendre, ce qu'avaient compris les start-up dont il essayait de reproduire l'esprit (*on se tutoie et s'appelle tous par nos prénoms*), et c'est même pour cela, avait-il pérorée un soir, qu'il venait d'agrandir ses locaux dans le 15e arrondissement – *il faudra que vous veniez voir* – afin d'y créer une salle de repos équipée de canapés, de poufs et de tables basses achetés chez *un petit créateur du quartier, un peu cher, c'est vrai, mais qui réalise des pièces d'une qualité ex-cep-tion-nelle*, d'un babyfoot, d'une Play et même d'un mini-golf, le tout dans une décoration dynamique et bigarrée afin de préserver le *peps* de ses salariés qui, même *overbookés*, restaient toujours *focus* sur leurs objectifs. Tout cela en relevant un sourcil qui dessinait sur son front trois sillons dont la trace persistait longtemps, comme si sa figure avait fini par porter les stigmates de sa fatuité. Mais le plus crispant était son sourire qui, tel celui du chat du Cheshire, gommait le reste de son visage et dévoilait une bonne quarantaine de dents immenses et immaculées.

Mittelmann refusait désormais le dialogue, sachant que, quel que fût le sujet, l'autre lui signifierait son mépris – autrement dit son indigence intellectuelle – en lui opposant pour seuls arguments son sourire de coiffeur à domicile et son sourcil persifleur. Un soir, Didier parvint en une seule et même tirade à suggérer que Mittelmann n'était qu'un fainéant de prof et un écrivain raté : la discussion ayant par courtoisie dévié sur les activités de l'hôte, ce fat avait déclaré l'envier car il n'avait, lui, *absolument* pas le temps de lire, sinon à la plage, lors de ses trop rares congés, où, d'ailleurs, il s'était l'été précédent régalé d'un roman *formi-dable* que Mittelmann devait connaître puisqu'il s'agissait du *best-seller* de l'année. Comme celui-ci ne l'avait évidemment pas lu, l'autre avait feint la surprise et insisté sur le nécessaire talent d'un écrivain qui écoule plusieurs dizaines de milliers d'exemplaires en moins de six mois. Sans doute avait-il vérifié ce chiffre avant de le lui jeter à la figure – Mittelmann, après trois romans, n'en avait pas vendu le dixième. C'était sournois, mais plutôt cohérent de la part d'un gus qui mesurait la qualité d'un livre à la quantité d'exemplaires écoulés, et pour lequel le seul critère esthétique possible, et même imaginable, était le chiffre d'affaires.

Cela dit, ils n'avaient plus reçu aucun de ces convives depuis longtemps. Gwendoline avait quitté Didier, qui de ce fait avait disparu de la circulation; Séverine avait eu une grossesse difficile qui l'avait clouée au lit de longues semaines durant; et comme les Rémi n'étaient invités qu'en présence des uns ou des autres, personne n'était plus jamais revenu dîner.

Une fois le repas terminé, il débarrassait la table, remplissait le lave-vaisselle, au besoin récurait casseroles et poêles. Ensuite, il donnait un petit bécot à Perrine, étendue sur le canapé devant la télévision, puis allait se calfeutrer dans son bureau. Avant de se remettre à son manuscrit, ses copies ou ses cours, il s'étonnait de continuer à l'aimer alors qu'ils étaient devenus si différents. Peut-être était-ce cela, l'amour: un lien mystérieux entre deux êtres que tout sépare. Perrine trouvait le sens de la vie dans son activité professionnelle, lui considérait son métier comme un obstacle à son épanouissement. Le lycée l'exaspérait de plus en plus, mais son cours sur le travail lui permettait au moins d'exprimer sa frustration. S'il se sentait obligé d'enseigner quelques rudiments de Smith, Marx et Spencer, il expliquait surtout à ses élèves que le travail était par nature un asservissement et que toutes les mythologies s'accordaient à faire de l'indolence la caractéristique de l'âge d'or. En chassant Adam et Ève du jardin d'Éden, Dieu ne les avait-Il pas condamnés à travailler et à mourir ? Ne retrouvait-on pas la même idée chez les Grecs qui considéraient le travail, au même titre que la folie et le vice, la guerre et la famine, la mort et la maladie, comme un fléau échappé de la boîte de Pandore ? Enthousiaste, il se faisait zélateur d'Athènes et martelait que cette funeste passion pour le travail consistait en une perversion de la modernité, qui avait anéanti les forces de l'esprit au profit du consumérisme, aujourd'hui entendu comme l'idéal du bonheur. Il s'amusait à leur montrer que, derrière les plaintes parentales au sujet de leur fatigue, se cachait la satisfaction de ceux qui auraient honte de ne pas être éreintés un vendredi soir. Il leur rappelait aussi que, quelques siècles plus tôt, celui qui se serait vanté de ne pas compter ses heures – un Didier, songeait-il – serait passé pour un dégénéré. Et il poursuivait en leur faisant l'éloge de l'oisiveté, convoquant Nietzsche et Lafargue, Cossery et Gontcharov. Bien entendu, ses élèves objectaient qu'il était nécessaire de travailler pour vivre, et que lui-même n'échappait pas à la règle. À quoi il répondait n'accorder aucune espèce d'importance à son métier, ne pas croire une seconde en son utilité, bien conscient que son enseignement leur passait très au-dessus de la tête et que si, en effet, ses cours semblaient assez vivants pour les intéresser, c'était moins par souci de les faire progresser que pour s'éviter une corvée quotidienne par trop fastidieuse.

En mettant ainsi le travail en accusation, il pensait à Didier, mais aussi, hélas, à Perrine. Qu'il continuait à aimer malgré tout. Sans doute était-ce pour cela que la nouvelle qui aurait dû le surprendre l'avait simplement étonné.

Ce soir-là, quand il entendit l'ascenseur, il sut que c'était Perrine. Elle n'allait pas être contente : comme d'habitude, il avait profité de son absence pour fumer dans le salon. Et les trombes d'eau qui s'abattaient sur Paris l'avaient empêché d'aérer. Penaud, il se précipita pour l'accueillir.

– Coucou, chérie… La vache, tu es trempée, attends, je te débarrasse. Oh, des sushis, oh du vin, chouette ! Je te sers un verre ?

– Oui, installe-nous sur la table basse, je vais me changer.

– J'allume la télé ?

– Non, il faut qu'on discute.

Il disposa les sushis sur un plat en inox, sortit les assiettes, les sets de table en ardoise qu'elle aimait tant, et aligna sur leur reposoir en fonte les baguettes en ébène qu'il lui avait offertes. Pour se faire pardonner l'odeur de tabac et la remercier d'avoir rapporté sushis et vin (même s'il s'agissait d'un vin rouge inapproprié, mais Perrine n'y connaissait rien), il avait dressé la table idéale pour un gentil dîner romantique. Il venait d'allumer une bougie parfumée quand Perrine fit son apparition.

– Et voilà le travail ! Tu as l'air crevé, ça ne va pas ?

– Mangeons.

Que Perrine ne lui adressât pas le moindre reproche au sujet de l'odeur de tabac et gardât le silence n'allait pas sans l'inquiéter ; il avait dû se passer quelque chose au bureau. Prudent, il la laissa reprendre ses esprits en piochant dans le plat, tandis qu'elle se contentait de triturer les sushis du bout de ses baguettes.

– Je vais tout manger si tu continues comme ça…

– Vas-y, mange.

Soudain, tandis qu'il enfournait un nouveau sushi, elle releva la tête.

– Je veux divorcer.

Il aurait dû être submergé par le choc d'une annonce que rien n'annonçait. Au lieu de cela, tout son être se focalisa sur la mastication du sushi. Il mâcha, il mâcha, encore et encore, et plus il mâchait, plus se formait dans sa bouche une glu granuleuse constituée de salive, de riz, d'algues et de poisson qui lui collait aux dents et au palais, une bouillie au fumet écœurant devenue impossible à avaler et qui semblait gonfler et prendre des proportions monstrueuses. Il courut à la cuisine et cracha le poissonneux magma dans la poubelle. Après s'être abondamment rincé le gosier, il se rassit face à Perrine, visiblement effrayée par l'incident.

– Ne t'inquiète pas… Le poisson ne devait pas être frais.

Perrine voulait divorcer. Il lui avait pourtant semblé que tout se passait bien entre eux, que leur train-train était plutôt confortable. Certes, ils ne faisaient pas toujours tout ensemble, mais enfin c'était là l'oxygène nécessaire à la bonne santé d'un couple. Dans le fond, elle ne lui avait pas reproché de ne plus l'accompagner chez ses parents, ni de ne jamais se rendre chez ses amis – qu'il ne refusait cependant pas de recevoir. Sans doute devinait-elle qu'ils l'ennuyaient, mais il n'avait jamais fait part de ses états d'âme, du moins pas explicitement. Pourquoi divorcer alors qu'ils ne s'engueulaient pour ainsi dire jamais ?

Était-ce lié à leur dernier différend, qui remontait à l'été dernier ? Ce samedi-là, Perrine l'avait incidemment traîné dans une animalerie du quai de la Mégisserie pour lui montrer une boule de poils blancs, une sorte de terrier, machin à la mode qu'on croisait un peu partout dans les rues de

Paris – du Marais surtout. Il n'avait pas cédé à son caprice. Il refusait de vivre avec une bestiole qui les réduirait en esclavage. Il était inenvisageable qu'il se lève le matin et ressorte à la nuit tombée, sous des chaleurs caniculaires, la pluie ou la neige, pour que monsieur l'animal fasse pépère ses besoins. Sans se soucier des regards outrés des clients, il s'était emporté : il n'était même pas imaginable qu'il ramasse la merde d'un chien deux fois par jour, bordel, seuls des pervers ou des personnes en détresse affective pouvaient oublier leur dignité au point d'accepter de recueillir dans un sachet en plastoc les puanteurs mollasses de leur cabot tout en le félicitant d'avoir fait un bon gros caca. Et qu'elle n'aille pas s'imaginer qu'il lui permettrait de se coucher sur leur lit. Perrine avait été fâchée, mais l'affaire vite classée. Non, ça ne pouvait pas être la raison de sa volonté de divorcer.

– Dis quelque chose…

– Laisse-moi fumer une cigarette.

Était-ce en raison de leur vie sexuelle ? Depuis des années, elle n'était plus vraiment reluisante, à peine semestrielle, mais, se disait-il, tel était le lot des vieux couples. Il n'en souffrait pas, se contentant de deux ou trois exercices masturbatoires par semaine, agrémentés parfois d'une visite dans un de ces salons dits de massage où une Asiatique, rarement ragoûtante et possiblement quadragénaire, lui dispensait ce que la pudeur désigne par l'expression « finition buccale ». Quant à Perrine, si elle s'était sentie frustrée, rien ne l'empêchait de manifester son désir. Après tout, il ne se refusait jamais à elle.

Perrine était possiblement nostalgique de ce que les Italiens appellent l'*innamoramento*, cette période des amours naissantes, tendres et sauvages. Leur amour s'était embourgeoisé, et si Mittelmann se contentait fort bien de ce bien-être mesuré, peut-être ne voulait-elle plus, elle, de cette si désirable quiétude. Avait-elle rencontré « quelqu'un » ? Avait-elle tant de travail que cela, et ne rentrait-elle tard qu'après avoir baisé à l'hôtel ? Non, ce serait affreux, se disait-il en écrasant son mégot.

– S'il te plaît, parle-moi…

Lui vinrent malgré lui des pensées mesquines. S'ils divorçaient, aurait-il les moyens de rester à Paris, même en vendant l'appartement ? Les préoccupations d'argent le répugnaient à un point tel qu'il n'avait pas consulté ses relevés de compte depuis des années. C'est bien simple, il ne savait même pas combien il gagnait. En divorçant, il perdrait de surcroît les points dits de « séparation de conjoint » sans lesquels il pouvait dire adieu à une mutation dans l'académie de Paris.

– S'il te plaît…

Au moment où il tentait de se convaincre qu'il devait exister une solution pour s'épargner cette séparation, il se rappela les paroles de *Still Loving You*, la chanson sur laquelle ils s'étaient embrassés à l'automne 1986 : *If we'd go again all the way from the start / I would try to change / The things that killed our love / Yes, I've hurt your pride / And I know what you've been through / You should give me a chance / This can't be the end / I'm still loving youhouhou / I need your love…*[1] Il se mit à fixer ses pieds comme s'ils dissimulaient tous les secrets de l'univers.

– S'il te plaît…

Il se demandait, comme Klaus Meine, le chanteur de Scorpions, quelles étaient les choses qui avaient tué leur amour. La question des enfants ? Il avait toujours pensé qu'ils étaient d'accord pour ne pas projeter leurs frustrations sur une créature qui n'avait rien demandé. Être parent, avait-il maintes fois répété, c'était d'abord se priver de sommeil pour nourrir et torcher un mortel pleurnichard, ensuite être condamné à se faire du souci pour l'école et les sorties, enfin être la victime de l'ingratitude

1. Si toutefois nous recommencions toute notre histoire depuis le début / J'essaierais de changer / Les choses qui ont tué notre amour / Oui, j'ai blessé ta fierté / Et je sais ce que tu as enduré / Tu devrais me donner une chance / Ça ne peut pas être la fin / Je t'aime encore / J'ai besoin de ton amour.

d'un jeune adulte qu'il faudrait s'obliger à aimer encore et *ad vitam*. Lui-même était un fils ingrat : il n'entretenait avec ses parents que des relations à peine cordiales, téléphoniques pour l'essentiel. Perrine connaissait son point de vue depuis le premier jour et n'y avait jamais opposé la moindre objection – quoique sans le revendiquer non plus. À ses parents qui lui demandaient quand est-ce qu'« elle » leur « ferait » des petits-enfants, Perrine avait pris l'habitude de répondre « on verra ». Les paroles du Zarathoustra de Nietzsche revinrent en mémoire à Mittelmann : « L'homme est pour la femme un moyen : le but est toujours l'enfant. » Perrine avait-elle été rattrapée par l'obsession de l'enfantement ? Dans les mois qui succédèrent l'accouchement de Séverine, Perrine lui avait souvent rendu visite et en était toujours revenue en ne tarissant pas d'éloges sur ce bébé. Les années avaient passé : le carillon de l'horloge biologique sonnait, le besoin de materner de Perrine ne faisait plus aucun doute. Elle ressentait le besoin de reporter son affection sur un tiers. Il devait céder.

– Si tu veux, on peut prendre un chien, je suis d'accord.

2000

VAE SOLI

PERRINE NE VOULUT PAS ENTENDRE PARLER de réconciliation. Elle ne l'aimait plus, point à la ligne. Elle ne lui reprochait rien de particulier, sinon de trop fumer, de trop boire, d'être taiseux et toujours un peu ailleurs. D'être ce qu'il avait toujours été, en somme.

Il lui avait demandé un peu de temps, elle ne lui en accorda pas beaucoup. Une semaine après avoir exprimé son intention de divorcer, Perrine lui présenta les comptes. Il contempla les colonnes de chiffres sans rien y comprendre. Professionnelle émérite, elle avait calculé le montant de la « prestation compensatoire » suffisant pour pallier la baisse de son niveau de vie, ainsi que celui de ses parts dans l'appartement, qu'elle se proposait de lui racheter. Il prit alors conscience qu'elle avait tout planifié depuis des mois : épluché leurs comptes, sollicité puis obtenu un crédit auprès de sa banque, consulté un avocat. *La salope.*

Il alla trouver refuge au cimetière du Père-Lachaise, à deux pas de ce qui serait bientôt son ancien chez-lui.

Déambuler dans la cité des morts, qui, comme celle des vivants, avait ses places et ses monuments, ses avenues et ses chemins, ses quartiers riches et ses quartiers pauvres, l'avait toujours rasséréné. Il n'aimait rien tant que lire sur les sépultures, caveaux et cénotaphes les noms des célébrités dont les chansons, les tableaux ou les livres peuplaient son existence ; ceux aussi d'inconnus dont il enviait la longévité, quand il s'attristait de la brièveté de la vie de certains autres. Ce jour-là, il découvrit pour la première fois son année de naissance sur une stèle funéraire. Le compte à rebours était déclenché. Il prit conscience qu'il verrait de plus en plus souvent cette date gravée dans le marbre tumulaire ; il avait pris sa place dans la queue qui mène au trou : on l'enterrerait, on l'oublierait. Car de toutes ces personnes qui s'étaient débattues dans la vie, qui avaient rencontré les mêmes difficultés, connu les mêmes chagrins, il ne restait au bout du compte qu'une pathétique inscription sur une pierre tombale à l'abandon. La mélopée de l'*Ecclésiaste* lui revint en tête : « Vanité des vanités, tout est vanité ! / Quel profit l'homme retire-t-il des peines qu'il se donne sous le soleil ? / Une génération s'en va, une génération s'en vient, et la terre subsiste toujours. / […] Tout est difficile à expliquer ; l'homme ne peut rendre compte de rien. L'œil n'a jamais fini de voir, ni l'oreille d'entendre. /

Ce qui a été, c'est ce qui sera ; ce qui est arrivé arrivera encore ; rien de nouveau sous le soleil. »

Les histoires d'amour sont des organismes comme les autres, songea-t-il : elles naissent, grandissent, déclinent et meurent sans qu'on n'ait rien pu y faire. Aucune crise n'avait conduit à l'échec de leur mariage. Leur vie avait été un long fleuve tranquille, simplement s'était-il peu à peu asséché. Quelque chose s'était détraqué dans leur histoire sans qu'il s'en fût aperçu. Perrine, reconnut-il, avait été plus perspicace : en demandant le divorce, elle n'avait pas tué leur couple : elle en avait été le légiste.

Il ne pouvait donc pas lui en vouloir d'avoir préparé cette séparation, ni fait semblant de rien – après tout, on ne s'éveille pas un matin avec l'intention de divorcer. Cela avait dû être le fruit d'un long et pénible ressassement. De ce divorce clefs en main, il pouvait presque la remercier. D'ailleurs, plus il déambulait entre les tombes, plus il se rendait compte à quel point la décision de Perrine était justifiée. Après tout, cela faisait des années qu'il jouait la comédie ; il ne détestait pas son rôle, s'y était même conformé de bonne grâce, mais il se faisait souvent l'effet d'être spectateur d'une vie qui n'était pas la sienne. Combien de temps encore aurait-il pu tenir dans cette structure schizophrénique, avec cette impression d'être un autre selon qu'il était avec elle ou pas ? Le dernier acte était joué. À force de détachement, d'obligations et de compromis, les deux êtres qui forment un couple s'effacent toujours au profit d'un troisième, monstrueux, qui les absorbe : ledit couple. Comme Jonas du ventre de la baleine, Perrine s'en était extirpée. Son tour à lui était venu.

De retour du Père-Lachaise, il lui annonça accepter les termes du divorce, mais ne pas vouloir en étudier les détails. Il lui précisa qu'il ne souhaitait s'encombrer de rien d'autre que de ses livres.

Le divorce prononcé, il trouva début septembre un trois-pièces d'une cinquantaine de mètres carrés au septième et dernier étage sur cour – avec ascenseur – d'un bel immeuble en briques et pierres de taille des années 1910, rue de Patay, entre le quartier chinois et la Seine. Avec son parquet à l'anglaise, ses poutres apparentes, ses fenêtres mansardées qui lui rappelaient sa chambre de bonne d'autrefois et sa vue dégagée sur les toits du Sud parisien, c'était l'appartement idéal pour refaire sa vie. Enfin émancipé, il pouvait boire et fumer sans avoir à subir la moindre récrimination. Pendant un peu plus de deux mois, il vécut dans un état d'excitation permanente, consacrant son temps libre à arpenter les vide-greniers afin de meubler et décorer son chez-soi suivant ses goûts – goûts qu'il lui fallut toutefois découvrir, ayant toujours abandonné ces considérations matérielles à Perrine. Il lui fallut aussi apprendre les rudiments du célibat. Il avait vécu comme un homme à l'ancienne, incapable de se débrouiller seul – rémanence probable de son éducation. Marc s'était alors amusé à lui expliquer le maniement d'un fer à repasser, à le voir inscrire dans un petit carnet la fonction des différents programmes de la machine à laver et y dessiner des schémas pour se souvenir dans quel bac verser la lessive, dans quel l'adoucissant.

Début décembre, il ne sut plus quoi faire de lui. Tout était parfaitement rangé, ses pensées balbutiaient ; il fallait réinventer le quotidien. Même s'il était persuadé de ne plus aimer Perrine, son absence restait omniprésente. Il songeait à ces vieux, incapables de se remettre de la disparition de leur conjoint : leur désespoir n'avait rien à voir avec l'amour, seulement avec l'incapacité à trouver leurs marques dans la solitude. Dire qu'il y avait peu encore, il prenait plaisir à passer une soirée ou un week-end sans Perrine et qu'il se prenait pour un solitaire endurci au point d'avoir la nostalgie de leurs années de séparation géographique… Il ne se rendait pas compte que cette solitude n'était que relative car, même séparés, ils formaient encore un couple. Et car Perrine occupait alors ses pensées – comme il occupait les siennes. Dorénavant, plus personne ne s'inquiétait de lui. Sinon Marc. Mais l'amitié ne console pas de l'amour.

Le lycée lui devint une bénédiction : on l'y écoutait et on lui parlait. La parenthèse enchantée se refermait de retour chez lui, où il retrouvait le silence et la sensation de n'être plus qu'un corps sans squelette, une matière molle, inconsistante, une sorte de flaque solide comparable aux montres de Dalí. La solitude s'était insinuée dans les moindres recoins de son appartement et se déposait sur les meubles et la tranche de ses livres, entre les lattes du parquet : partout. Marc et Géraldine l'invitaient régulièrement à dîner et il profitait de la moindre lecture en librairie pour s'étourdir quelques heures. Il s'était aussi équipé de l'ultime et dérisoire viatique des esseulés : un téléviseur. Tout juste rentré du lycée, il l'allumait afin de se donner l'illusion d'une présence et passait ses soirées à regarder tout et surtout n'importe quoi, parfois même en coupant le son. Il finissait souvent par s'endormir à même le canapé, n'éteignant le poste qu'à son réveil, au petit matin. Sa vie s'était amenuisée. Il passait des week-ends entiers face à la fenêtre, vautré dans son bon vieux fauteuil de type club déniché dans une brocante de la rue Mouffetard. Combien de temps à végétailler dans ce fauteuil, à fumer clope sur clope, boire verre sur verre, immobile, sans même avoir envie de manger, le front dans les mains, à regarder passer les nuages ? Quand dans son enfance il y devinait des formes enchanteresses, il n'y voyait désormais plus que d'épouvantables léviathans qui se faisaient et se défaisaient aussitôt pour se métamorphoser en d'autres créatures tout aussi abominables qui, à leur tour… Indifférents à l'agitation des hommes, ces nuages n'avaient en réalité aucun message à transmettre au néphélomancien de pacotille qu'il était, sinon que tout est promis à la destruction, provisoire amalgame de particules appelées à se désagréger dans le vent. De la même manière que dans son esprit, ses pensées lentes et blanches se décomposaient les unes après les autres. Il avait espéré que la solitude lui donnerait le loisir nécessaire pour écrire, mais il était si vide qu'il n'arrivait plus à aligner trois mots. À vrai dire, il n'avait plus envie d'écrire. S'il est des livres qui survivent à leur auteur, il survivait aux siens qui, dans l'indifférence générale, disparaissaient promptement des étals après s'être écoulés à quelques centaines d'exemplaires, un millier tout au plus. Un millier de lecteurs sur soixante millions possibles en France (0,002 %), sur six milliards dans le monde (0,00002 %) ; alors, oui : à quoi bon ? Il se disait qu'à la manière de l'Ulrich de Musil, il n'était qu'un homme sans qualités. Son drame était celui de la médiocrité : assez intelligent pour se rendre compte qu'il ne l'était pas assez, qu'il n'avait pas le talent dont il avait rêvé, et qu'il était passé à côté de sa vie. Il savait, pourtant, que toute vie était une vie ratée, que le nombre des échecs l'emportait invariablement sur celui des réussites, mais le drame – l'horreur, même – était qu'il ne regrettait rien : si les choses avaient été à refaire, il agirait de même et échouerait à nouveau. Il n'était simplement pas à la hauteur de ses idéaux.

Peu à peu, il sombra dans l'hypocondrie. Il ne pouvait s'empêcher de déceler une tumeur à la moindre céphalée, un cancer à la moindre colite. Son cœur, surtout, le taraudait. Si, selon le mot du chirurgien Leriche, « la santé c'est la vie dans le silence des organes », alors il n'était pas en bonne santé du tout : son cœur battait en un affreux tintamarre. Pom-pom, pom-pom, pom-pom. Dès qu'il s'allongeait, il entendait les pulsations résonner dans tout son corps. C'en était assourdissant. Il était devenu tellement obsédé par l'infarctus qu'il fut une nuit persuadé d'en ressentir les symptômes : pouls emballé, nausées, raideurs dans la nuque et le bras gauche. Il appela le SAMU en catastrophe : ce n'était qu'une crise d'angoisse. Une autre fois, il fut de nouveau si sûr d'y passer qu'il se précipita dans la rue afin d'être secouru en cas d'attaque. Ce n'est pas qu'il redoutait la mort, non : il craignait de mourir dans son appartement sans que personne n'en sût rien, jusqu'à ce que l'odeur sanieuse de son cadavre putréfié n'alertât ses voisins. Il imaginait souvent les pompiers ramasser à la pelle sa misérable charogne éployée sur le parquet. Ce qu'il craignait, donc, c'était de mourir seul, comme un con.

C'est sans doute pour se changer les idées qu'il accepta l'invitation de ses parents à passer les fêtes de fin d'année en Lorraine. Ils habitaient toujours la même petite maison grise et désenchantée, à la périphérie de Commercy. Trois ou quatre ans après sa dernière visite, revenir sans Perrine ne fit pas de lui le fils prodigue : il n'y eut ni veau gras, ni effusions, mais un steak haché-purée englouti devant le journal de 20 h. De Perrine, il ne fut guère question. Ses parents étaient maintenant retraités, elle de la biscuiterie de madeleines, lui de la mairie de Nancy. Leur vie quotidienne, qui avait toujours été rythmée par la monotonie, l'ennui et la déréliction, semblait plus morne encore qu'autrefois. Lui passait ses journées entre son atelier installé au garage et le salon, où il somnolait devant la télévision et changeait machinalement de chaîne chaque fois qu'il rouvrait les yeux. Elle s'occupait des tâches ménagères jusqu'en milieu d'après-midi. D'une propreté maniaque, la maison fleurait le savon noir et le détergent. Les sols brillaient, pas un grain de poussière n'avait le temps de profiter des meubles et de la bimbeloterie. *Une bonne épouse*, radotait-elle, *a pour devoir d'entretenir sa maison*. De fait: elle était si bien entretenue que rien n'avait changé de place depuis son enfance. Même la photographie de Georges Marchais, désormais liserée de noir, trônait encore dans son cadre d'argent sur la tablette de la cheminée; elle ne serait remplacée qu'au début des années 2010 par celle de Marine Le Pen. La cuisine, bien que datant des années 1970, paraissait comme neuve. Seul le papier peint fleuri avait subi les dommages du temps: comme un pied de nez à ses parents qui, quoique rêvant d'Égypte, n'avaient jamais quitté la France, et si peu la Meuse, l'humidité y avait tracé des continents et des îles, des caps et des golfes, toute une géographie fantasmagorique. Chaque jour, à 16 h pétantes, sa mère allait se *pomponner* (opération qui consistait à s'étaler du fard sur les joues et les paupières, à se passer un trait de rouge à lèvres et à quitter sa blouse pour une robe) avant de se rendre à l'Intermarché. Un après-midi qu'il s'était résolu à l'accompagner, il comprit pourquoi elle s'y rendait chaque jour que Dieu faisait malgré un garde-manger tellement rempli qu'il aurait permis à ses parents de survivre des années à une guerre atomique, pourquoi aussi elle y passait des heures, fût-ce pour n'en revenir qu'avec deux ou trois bricoles : l'Intermarché était son parc d'attractions, le centre de sa vie sociale. Dans ce réseau labyrinthique et bariolé de rayons alimentaires où il aurait été bien en peine de dénicher quoi que ce fût, dans cette foule et ce tumulte qui lui donnaient le vertige, sa mère retrouvait, elle, sa joie de vivre : elle scrutait les étiquettes des produits dont elle croyait avoir besoin, les comparait, faisait ses petits calculs et se trouvait bien heureuse de pouvoir économiser quelques sous en choisissant telle marque plutôt que telle autre ; pour le reste, elle s'emparait de tout ce qui était en promo : *tiens, mon grand, attrape-moi ces boîtes de maïs, la troisième est gratuite ; prends ces pâtes, là, avec la remise, elles sont au même prix que les entrées de gamme.* Et parce qu'elle y croisait des connaissances, voisins ou anciens collègues, sa vie sociale s'y épanouissait à plein. Ça racontait des potins, ça gloussait des ragots, ça prenait des nouvelles des uns et des autres, de madame Duchmol ou de monsieur Tartempion. *Tu reconnais mon philosophe de fils.* Il avait beau avoir près de quarante ans, les amies de sa mère s'extasiaient comme s'il en avait eu quinze : *Oh, mais il a grandi, quel beau garçon, alors, on s'en retourne à ses racines, ça doit t'en faire du bien, ça geht's ?, la vie à Paris, elle est pas trop difficile ?* Derrière le caddie rempli à ras bord, comme s'il avait eu quinze ans, donc, il souriait.

Il était si désœuvré qu'il aida sa mère à décorer le sapin en plastique. Guirlandes, crèche, santons de terre cuite et autres ornementations qu'on lui interdisait de toucher dans son enfance étaient tels qu'il les avait toujours connus. Ses grands-mères étaient mortes, son oncle avait sombré dans l'alcoolisme après le décès de sa femme, ses cousins et cousines avaient quitté cette région sinistrée. Tous trois passèrent donc la soirée du réveillon comme n'importe quelle autre soirée : devant la télévision. Le lendemain matin, ce fut la cérémonie rituelle d'ouverture des cadeaux : sa mère avait offert à son mari un tournevis électrique, le mari avait offert à son épouse une friteuse (*on pourra la brancher sous l'appentis*) ; il leur avait offert une caisse de vins de Champagne (*oh, fallait pas, ça a dû te coûter un bras, nous, on boit du mousseux, c'est pareil et moins cher, il était pas bon, le mousseux d'hier soir ?*) ; enfin, à lui ils avaient fait cadeau d'une chemise dont les rayures pastel lui rappelèrent Didier. Après le déjeuner, il prétexta avoir reçu un message de Marc pour avancer son départ. Ils l'accompagnèrent à la gare le lendemain, sans doute pas mécontents de retrouver leur ordinaire et de le voir repartir par l'un des rares trains épargnés par la tempête Lothar, qui dévastait le nord du pays.

Bien loin de le remettre d'aplomb, ce séjour le démoralisa plus encore. Il s'était rendu compte, malgré toute sa philosophie, malgré toutes ses prétentions à la littérature, que son existence ne différait guère de celle de ses parents, ni d'ailleurs de n'importe quelle autre existence – l'objectif étant toujours de tuer le temps avant qu'il ne nous tue. Écrire des livres, aller à Intermarché ou bricoler, tout n'était que « pâture de vent ». La situation de ses parents était même plus enviable, car eux au moins formaient un couple, un couple sans amour ni tendresse, certes, un vieux couple qui, ne dialoguant plus, se contentait de communiquer, *passe-moi le sel, où t'as foutu le ciseau*, mais un couple tout de même, qui avait eu l'intelligence de ne pas se séparer pour éviter d'affronter l'horreur de la solitude. « Celui qui est seul, comment aura-t-il chaud ? » demandait l'Ecclésiaste qui avait compris que la tiédeur conjugale est toujours préférable aux froidures célibataires.

Il avait bien reçu un texto de Marc, pour l'inviter à passer le réveillon de la Saint-Sylvestre à Étretat, où Géraldine et lui venaient d'acquérir une maison de pêcheur. Il avait décliné l'invitation, se sentant inapte à fêter quoi que ce fût. La soirée du 31 décembre fut sans doute la plus sombre et la plus désolante de toute son existence, passée seul devant son téléviseur à manger des plats de circonstance achetés chez Picard. Les journalistes jouaient avec les attentes et les peurs du peuple, évoquant tour à tour le risque du bug de l'an 2000 et le passage au troisième millénaire – tout en sachant pertinemment qu'il n'y aurait aucun black-out mondial et que le passage au millénaire suivant se ferait en 2001. L'an 2000 n'était porteur d'aucun espoir. Contrairement à ce qu'il avait imaginé dans son enfance, les voitures ne volaient toujours pas, la lune n'avait toujours pas été colonisée et il n'était toujours pas revêtu d'une combinaison moulante fluorescente. De ses rêves de gosse ne restaient que des cendres. Les idéologies s'étaient effondrées et Claude Allègre dégraissait le mammouth. La crise était devenue un état permanent, le chômage et la grande pauvreté un état de fait. En Russie, ce vieil ivrogne d'Eltsine venait de démissionner pour être remplacé par un ancien du KGB qui avait promis, l'automne précédent, de « buter les Tchétchènes jusque dans les chiottes ». Plus personne ne rêvait d'un autre monde, la lune ne serait jamais blonde et il y avait fort à parier que la vie serait de moins en moins féconde. À minuit, il éteignit le téléviseur et retrouva son vieux fauteuil en cuir. Tandis que résonnaient les feux d'artifice, les pétards et les vociférations, il envoya quelques textos. À Marc et Géraldine. À ses parents. À Perrine.

Jusque-là, il avait toujours dormi d'un sommeil profond, sombre et sans rêve aucun. Mais à son retour de Commercy, il fut confronté à une difficulté encore inconnue : l'insomnie. L'hypocondrie tenait sa remplaçante. Elle s'imposa peu à peu, jusqu'à se fixer aux alentours de 2 h du matin. C'était un cercle vicieux : moins on dort, plus on craint de ne pas s'endormir, donc moins on dort. Quand son réveil sonnait à 5 h 45, il pleurait d'épuisement. Ses nuits étaient blanches, ses journées prenaient la couleur de la nuit : il y évoluait en mort-vivant, regard hébété, mâchoire entrouverte, démarche languissante. Son état de fatigue n'échappa pas à ses élèves mais, leur ayant fait accroire qu'il était un sacré bambocheur, ils se montraient très conciliants : il était leur héros, ce prof fêtard qui assurait ses cours le lendemain. Il les amusait d'autant plus que, lors des pauses, ils l'apercevaient dans le parc contigu au lycée, allongé sur un banc et y dormant comme un clochard. Il ne s'expliquait pas ce vice de l'insomnie : s'il lui était impossible ou presque de dormir la nuit, il sombrait sitôt qu'en journée il s'allongeait quelque part, fût-ce, donc, sur un banc public.

Il s'en était ouvert à Marc, qui lui avait confié être lui-même sujet aux mêmes tourments. Mais de ses recommandations, *lève-toi, lis ou écris*, il n'avait que faire. N'ayant pas à se lever à l'aube, ce vieux pacha ne connaissait pas vraiment les affres de l'agrypnie, l'enfer des esclaves du réveille-matin. Elle est un exil, l'insomniaque évoluant dans la nuit comme en terre inconnue, sans savoir où aller ni qu'y faire, dans une temporalité poisseuse où chaque seconde dure une minute, une minute une heure et une heure une éternité. Parfois, il se levait, buvait un verre d'eau, fumait une cigarette, urinait, et, la pensée amortie, avachie, il se recouchait au plus vite avec l'espoir – insensé – de bénéficier d'un répit, d'échapper à lui-même et d'enfin trouver le sommeil. En vain. Il avait beau essayer toutes les positions possibles et imaginables – sur le dos, le ventre, en chien de fusil, d'un côté, de l'autre, en diagonale –, les pensées jaillissaient comme un torrent de pierres ; telles de grosses mouches noires, elles bourdonnaient et tourneboulaient dans sa tête.

Un médecin lui prescrivit antidépresseurs et somnifères. Il balança les premiers à la poubelle et ne prit les seconds qu'une ou deux fois par semaine : s'ils lui permettaient de contenir la tension causée par une nuit de veille, ils le mettaient dans un tel état d'abrutissement que les journées devenaient encore plus longues et harassantes. Bientôt, il jeta donc aussi les somnifères et les remplaça par du vin. Avec chaque soir une bouteille dans le gosier, il parvenait enfin à roupiller, mais d'un sommeil entrecoupé de cauchemars. Les plus térébrants appartenaient, comme il l'apprit plus tard, à cette espèce particulière de parasomnies appelée paralysie du sommeil. Le scénario était immuable : des craquements comme on en entend dans les vieux immeubles le mettaient en état d'alerte – état hallucinatoire, puisqu'il était persuadé d'être éveillé alors qu'il dormait encore – et le convainquaient qu'un tueur s'était introduit dans son appartement. Il avait beau s'efforcer d'ouvrir les yeux, de se lever pour se défendre, de fournir d'intenses efforts musculaires, il demeurait paralysé, à la merci de cette présence qui finissait par s'asseoir sur le rebord de son lit pour l'observer. Il entendait même la vibration de la lame de couteau tirée d'une de ses poches. Ce n'était qu'au paroxysme de la panique que son corps finissait par lui obéir, et alors, soudain, il se redressait en hurlant dans ses draps humides. Quelques semaines éprouvantes plus tard, il mit au point une parade si ridicule que jamais il n'en parla à Marc. Le soir, il plaquait une chaise en équilibre contre sa porte d'entrée : tant qu'il n'entendait pas de bruit de chute, il pouvait continuer à dormir sur ses deux oreilles.

Au fil des mois, la situation s'améliora peu à peu. Il avait mis en place plusieurs stratégies. Toujours incapable d'écrire, chaque week-end il parcourait en marchant des dizaines de kilomètres à travers Paris afin de se dissoudre dans l'anonymat des foules, d'épuiser son corps et sa tristesse. Il profitait de ces baguenaudes pour s'occuper l'esprit et s'appliquait à distinguer les styles architecturaux haussmanniens et post-haussmanniens en fonction des matériaux utilisés (pierres de taille, briques, béton) et des éléments de décoration (balcons, pilastres, macarons). Après quelques semaines, il était devenu suffisamment connaisseur pour pouvoir les dater assez précisément. Il faisait aussi des balades plus circonscrites afin d'apprendre les noms des ponts et des quais, des rues délimitant les différents arrondissements, des principales églises, etc. De retour chez lui, il établissait des statistiques absurdes qu'il notait avec soin dans un carnet : un litre de jus d'orange lui faisait la semaine, un paquet de café dix jours, un lot de huit rouleaux de papier toilette de deux cents feuilles triple épaisseur quatre-vingt-douze jours – soit un rouleau tous les onze jours et demi, soit dix-sept feuilles par jour –, chiffre faramineux mais indiscutable puisque, répétant l'expérience, il retombait inexorablement dessus.

Pour parachever ce travail de reprise en main, il ponctua son quotidien d'habitudes très strictes. Il se fixa des jours précis pour faire sa lessive et son ménage, se mit à planifier chaque week-end les repas de la semaine à venir, et établit même des rituels d'apéritifs : tel jour pour le vin, tel autre pour la bière, tel jour accompagné de chips, tel autre de crackers. Afin que quelque chose advienne, il fallait bien avoir des habitudes avec lesquelles rompre.

À la fin du printemps, il s'était réinstallé dans son existence : ses organes s'étaient tus, il dormait convenablement et ne passait plus ses journées prostré dans son fauteuil. L'écriture, cependant, était toujours au point mort. Il était comme un garagiste aux mains noires de cambouis penché sur un vieux moteur maintes fois démonté qui s'obstinait à ne pas redémarrer. L'illumination vint au moment où il apportait quelques retouches à un cours sur l'inconscient, à propos duquel Lacan avait écrit qu'il était « structuré comme un langage ». Le sien avait joué avec les mots : ses insomnies avaient été une incitation à ouvrir les yeux, et son hypocondrie n'avait eu d'autre but que de lui faire admettre qu'il avait le cœur brisé. Il ne se faisait pas à la séparation. Peut-être Perrine était-elle dans la même situation, songea-t-il. Peut-être devraient-ils se remettre ensemble. Ses parents, après tout, ne s'aimaient plus, mais, à défaut d'être heureux, ils ne semblaient pas aussi malheureux que lui. Sans doute n'était-ce donc que cela, le bonheur : l'évitement du malheur. Mais appeler Perrine pour l'inviter à dîner lui semblait maladroit. En revanche, la croiser « par hasard » et lui proposer de prendre un verre lui paraissait une bien meilleure stratégie.

Sachant qu'elle ne quittait jamais Romero Expertise avant 18 h 30 pour gagner la station Havre-Caumartin par la rue Tronchet, il s'installa, un soir de juin, à la terrasse d'un bar de cette rue, le bien nommé Prétexte, afin de guetter son passage puis avoir le temps de faire au pas de course le détour par la rue des Mathurins et la croiser sur le boulevard avant qu'elle ne s'engouffrât dans le métro. Il était 19 h passées, il venait de commander une deuxième pinte. Il se demandait si la foule ne l'avait pas empêché de l'apercevoir lorsqu'enfin, elle surgit, souriante, épanouie. S'il avait eu son verre à la main, celui-ci se serait assurément fracassé à terre : non seulement Perrine tenait un chien en laisse et était au bras de Didier, mais elle était enceinte. S'étaient-ils mis ensemble après leur séparation ? L'avait-elle trompé avec ce connard des mois, voire des années durant avant de demander le divorce ? Il ingurgita bière sur bière jusqu'à tard, sidéré, persuadé de replonger dans les gouffres de la dépression et de sa cousine l'insomnie. Le soir venu, pourtant, il s'endormit comme un bébé.

Dans certaines sociétés traditionnelles, avait-il lu, le travail de deuil s'achevait avec la fin de la décomposition du cadavre, quand sa chair, après s'être rigidifiée, puis liquéfiée, avait fini de s'avarier. Les os étaient alors déterrés et avaient droit à de secondes funérailles, ce qui donnait aux proches le droit de vivre de nouveau, le chagrin n'ayant plus aucune raison d'être. Avoir aperçu Perrine enceinte au bras de Didier eut un semblable effet : de leur amour il ne restait rien, il pouvait définitivement l'inhumer.

2004

LES LÂCHES ET LES SALAUDS

ON RESTE DEBOUT, S'IL VOUS PLAÎT… Allez, debout ! Walid, levez-vous… Walid, on se lève, allez, on-se-lève. Clarisse, pareil. Godwin, on se lève, j'ai dit. Moi aussi, je suis fatigué, Godwin, mais un grand gaillard comme vous l'est forcément moins que moi. Pardon ? Walid, on est en décembre, je ne vais quand même pas vous l'expliquer jusqu'en juin… C'est une question de politesse, de respect mutuel : quand vous entrez dans la salle, je ne suis pas assis, je vous accueille à la porte, on s'assoit tous ensemble, c'est comme ça. Tout le monde est debout, c'est bon ? Bien, asseyez-vous et sortez vos affaires. En silence, s'il vous plaît… Merci. Allan, la casquette… Célia, vous ne m'avez pas donné le cahier d'appel, il a encore disparu ? Ça fait déjà deux fois depuis la rentrée… Bon, attendez trente secondes que je retrouve ma liste et mon carnet… Voilà. Oh, on se calme ! Walid, sortez vos affaires et enlevez-moi ce sac de votre table, nom d'un chien. Ne commencez pas à me fatiguer, Walid, sinon vous allez battre votre record de temps de présence avant expulsion…

Bon, cet appel :

Dalil ?

Allan ? Vous vous foutez de moi, Allan… ? Qu'est-ce que j'ai dit au sujet de cette casquette ? Non, Allan, ne la mettez pas dans la capuche de votre doudoune, vous allez être tenté, rangez-la dans votre sac… Dans votre sac, Allan, pas sur la table… Voilà.

Godwin ? Godwin, tenez-vous correctement, s'il vous plaît. Oui, je sais, vous l'avez déjà dit, vous êtes fatigué, mais même fatigué, ne vous affalez pas sur la table, compris ?

Kheasemaye ?

Jayson ?

Nicolas ? À votre avis, Nicolas ? Chépa ? Non ? Vous ne savez toujours pas, depuis le mois de septembre, que vous êtes le premier des deux Nicolas dans la liste d'appel ? Eh bien, essayez de vous en souvenir, je suis certain que vous pouvez y arriver…

Soumayya ?

Chuuuuuuut… Restez tranquilles.

Émir ?

Kevin ?

Pollya ? Pollya ? Pollya n'est pas là ? Je ne l'ai pas revue depuis la Toussaint… Elle ne vient plus du tout, ou il n'y a qu'en philosophie qu'elle est absente ? Non, mais vous pouvez me répondre, hein, je ne vais pas aller la chercher chez elle, rassurez-vous : moins vous êtes nombreux, plus grandes sont vos chances de progresser. Je vous pose la question par curiosité. Oui, Soumayya ? De temps en temps, mais seulement dans les matières technologiques ? Bon, grand bien lui fasse… Qu'est-ce qu'il y a, Walid ? Je suis d'accord avec vous : avec son coefficient, la philosophie ne vous fera pas rater le bac, c'est certain, mais elle peut y contribuer, notamment en ce qui vous concerne, Walid, car vu vos notes dans les autres disciplines, vous feriez bien de limiter la casse dans celle-ci, vous ne croyez pas ? Si vous le dites… Oh non, je ne parie pas, Walid, je vous souhaite de tout cœur de le décrocher, ce bac, ça m'évitera de vous revoir l'année prochaine… Arrêtez de rire, les autres. On se calme, on se calme…

Eysa ? Oui, Eysa, ça va, et vous ?

Mohamed ?

Séri ?

Silence, bordel. J'en vois qui n'ont pas encore sorti leurs affaires, n'est-ce pas Enzo ?

Arnaud ?

Nicolas ?

Soraya ? Soraya ? Elle n'est pas là non plus ?

Chuuuuuuut. S'il vous plaît.

Moussa ?

Enzo ? Allez, dépêchez-vous de sortir de votre sac ce dont vous avez encore besoin et reposez-le ensuite par terre.

Ricardo ? Vous vous croyez où, Ricardo ? Oui, je sais que vous ne parlez pas… Vous ne devinez pas le problème ? Vraiment ? Remettez vos chaussures, vous n'êtes pas chez mémé… Moi aussi, j'ai mal aux pieds, je n'enlève pas mes chaussures pour autant… Ça fait, Ricardo, qu'on ne retire pas ses chaussures en classe, c'est comme ça. Non, mais je rêve… On se calme, les autres, on se calme.

Sabrina ? Arrêtez de bavarder, Sabrina, merci.

Ryan ? Absent ? Je l'ai pourtant aperçu devant le lycée, tout à l'heure… Il ne sentait pas bien ? Vu la grosse cigarette roulée qu'il tenait à la main, ça ne m'étonne pas… Ah, ça vous fait rire… Allez, on se calme. Chuuuuuuut…

Célia ?

Mizgin ?

Chuuuuuuut… J'en ai bientôt fini, restez calmes. Qu'est-ce qu'il y a encore, Walid ? Ricardo, remettez vos chaussures de suite ! Ça suffit, Ricardo, pas d'insultes en cours ! Asseyez-vous où je vous fiche dehors. Walid et Ricardo, ça suffit ! Walid, arrêtez de ricaner bêtement… Oui, oui, vous l'avez bien eu, on ne va pas en faire des caisses, c'est bon. Ricardo ! Qu'est-ce que j'ai dit ! Asseyez-vous ! Taisez-vous !

Bordel, ce n'est pas possible…

Bryan ? Sortez vos affaires, s'il vous plaît. Pardon ? Comment ça, vous n'avez ni feuilles ni stylo ? Regardez dans votre sac, vous finirez bien par trouver quelque chose. Vous n'avez pas de sac ? Vous l'avez oublié ? Mon Dieu… Que quelqu'un ait l'obligeance de passer une feuille et un stylo à Bryan, s'il vous plaît.

Ricardo, je vais vous sortir, si vous continuez. Ne regardez plus Walid, regardez devant vous.

Youssouf?

Claude ? Claude retirez votre doudoune, s'il vous plaît… Vous vous foutez de moi, Claude ? C'est en A007 que les radiateurs ne fonctionnent plus, ici c'est tout le contraire, on crève de chaud, vous allez cuire à l'étouffée. Non, Claude, vous retirez votre doudoune, point barre. Voilà.

Clarisse ? Retournez-vous, et arrêtez donc de parler avec Sabrina… Je sais, je sais, vous ne parlez pas, mais vos lèvres bougent et vous êtes retournée… Mettez-vous face à votre table et tâchez de contrôler vos lèvres… Merci. Arrêtez de rire, les autres.

STOP !

Lucian ? Oui, Lucian, je suis d'accord avec vous, ils sont relous.

Rukshini ? Merci, ma petite Rukie, c'est gentil…

Grigore ?

Divine ?

Boh ?

Setan ? Ha ha ! Oui, j'ai une copine, Setan, je suis désolé, ha ha !

Et on termine par le meilleur : Walid !

Eh oui… Vous êtes là, toujours là, oui, hélas… On se demande pourquoi, d'ailleurs… Pardon ? Vous avez quel âge, Walid ? Vous êtes donc majeur depuis un certain temps, vous n'allez pas me dire qu'un grand garçon comme vous vient en cours parce que ses parents l'y obligent, si ? Ah… Mais puisque vous respectez vos parents, ne croyez-vous pas que vous devriez travailler un minimum ? Je suppose que vos parents ne veulent pas seulement se débarrasser de vous – quoiqu'à leur place… Ils veulent que vous alliez en cours pour travailler, vous assurer un avenir, pas pour faire acte de présence. Qu'en pensez-vous ? Si c'est pour ne rien faire, autant ne pas venir, non ? Mais non, vous n'êtes pas obligé : regardez Pollya, elle ne vient pas en cours et vous savez quoi, Walid ? Je la respecte pour cela parce qu'elle, au moins, elle assume. Eh oui, Walid, Pollya, ça, c'est quelqu'un… Mais non, mais non, Walid, vous savez très bien qu'on n'exclut plus un élève parce qu'il est absentéiste, Pollya ne risque rien, si ce n'est d'être admonestée par les CPE, rien de plus. Pardon, Rukie ? Ah… Admonester, ça veut dire se faire engueuler… Oui, je vous l'écris au tableau… Voilà. Qu'est-ce qu'il y a, Boh ? Ah… C'est vrai que c'est une bonne raison pour venir en cours, ça, éviter une dérouillée… Pardon, Walid ? Ah non, le deal est impossible, je dois inscrire absents les élèves qui ne sont pas là, c'est comme ça… Vous avez peur de vous faire gronder par vos parents, vous avez peur de vous faire gronder par les CPE ? Pauvre chou… Quoi qu'il en soit, vous n'êtes obligé à rien, il faut que vous en soyez conscient… Non, non, non, je ne suis pas d'accord… Hé, hé !, si vous voulez qu'on en discute, vous restez calmes, d'accord ? Bon, je vous explique. En fait, Boh et Walid ont le choix entre se faire engueuler par leurs darons, comme ils disent, ou bien venir en cours, et s'ils font le choix de venir en cours, rien ne les y contraint. Rien, Boh et Walid, rien ne vous force à venir, comme rien ne m'y force non plus, vous comprenez ? Même quand mon réveil sonne à 5 h 45, même lorsque comme aujourd'hui, mercredi, je dois me lever pour tenter de vous faire cours, aucune force surnaturelle ne me sort de mon lit, ne me fait boire mon café, ne me pousse sous la douche, ne me dépose dans le métro, puis dans le RER, vous voyez ? Exact, Séri, exact, si je restais dans mon lit, je perdrais une partie de mon salaire, mais je pourrais décider de le sacrifier, c'est bien moi qui préfère mon salaire à mon lit, vous voyez ? Sabrina et Clarisse, vous faites beaucoup de bruit pour des jeunes filles qui ne bavardent pas… Retournez-vous face à votre table, Clarisse, merci. Rien ne nous oblige à rien, nous avons toujours le choix, c'est ça que j'aimerais vous faire comprendre. Et sans vouloir vous vexer, Walid, vous seriez, selon Sartre, un lâche. Attendez, attendez. Le lâche est un concept sartrien que je vais vous expliquer avant de reprendre le cours. De toute façon, nous sommes déjà tellement en retard que nous pouvons nous permettre cette digression. Alors, Sartre… Qui a déjà entendu parler de Jean-Paul Sartre ? Oui, Eysa ? Exact, bravo. Oui, en effet, si vous avez un peu étudié Simone de Beauvoir pour votre exposé sur le féminisme en classe de seconde, vous avez entendu parler de Sartre, oui, forcément… Ah non, de Beauvoir et Sartre n'étaient pas mariés. Pardon Divine ? Qu'est-ce que ça veut dire, ça, « *starfoullah* » ? Que Dieu te pardonne ? Ah. Bon… Si vous en avez besoin… Simone de Beauvoir, donc, a été, avec son livre *Le Deuxième sexe*, l'une des premières théoriciennes du féminisme, et était donc la compagne de Jean-Paul Sartre, un philosophe et écrivain français né en 1905 et mort en 1980. Sartre est un philosophe existentialiste. J'écris ça au tableau… Chut, arrêtez de parler dès que j'ai le dos tourné… Pour lui, l'homme est absolument libre parce que, attention, les termes vont vous paraître compliqués, mais c'est en réalité assez simple, parce que son existence précède son essence… Je vous fais un schéma au tableau, regardez. Pour l'homme, il y a d'abord l'existence, et ensuite l'essence… Haha ! Oui, Rukie, « l'essence », pas « les sens ». L'essence, c'est ce qu'une chose est, sa définition si vous préférez… Attendez avant de dire que vous ne comprenez pas, attendez… Taisez-vous, bordel… Pour les objets, c'est le contraire : ils ont d'abord une essence, puis une existence. Alors, qu'est-ce que ça veut dire ? Prenons un objet quelconque. Sartre prend l'exemple d'un coupe-papier, mais je vais prendre… tiens, mon marqueur. Qu'est-ce que ça veut dire que son essence précède son existence, vous allez voir, c'est tout bête : ça veut dire que le marqueur a été pensé avant d'être créé, il n'est pas arrivé à l'existence par hasard, vous voyez, et c'est parce qu'il a été pensé avant d'être créé qu'il a une fonction : permettre d'écrire sur un tableau. Oui, Rukie ? Voilà, c'est ça, c'est pareil avec votre trousse qui a été fabriquée pour contenir tout un tas d'objets : stylos, effaceurs, règles, etc. Nicolas, vous allez me faire le plaisir d'ouvrir les yeux avant que je me fâche… Peu importe que vous écoutiez ou non, Nicolas, vous ouvrez les yeux… À vrai dire, entre le fait que vous m'écoutiez les yeux fermés ou que vous ne m'écoutiez pas les yeux ouverts, je préfère la seconde option, on est d'accord ? Bien. Bon, qu'est-ce que je racontais ? Ah oui, donc vous avez compris ? Pour les objets, l'essence précède l'existence. Facile, non ? Bon. Pour l'homme, c'est le contraire : son existence précède son essence, parce que nous naissons d'abord et ce n'est que par les choix que nous effectuerons ensuite que nous nous distinguerons les uns des autres. Nous différencier, nous construire une essence. Vous voyez ce que je veux dire ? Non ? C'est tout bête : je ne suis pas né professeur de philosophie, j'aurais pu être maçon, avocat ou je ne sais quoi. Quand je suis né, je suis né sans fonction : je n'étais rien et ne servais à rien… Très drôle, Mohamed, mais c'est vrai, contrairement à un marqueur qui sert à quelque chose, je ne sers effectivement à rien, surtout avec vous, mais c'est le cas de chacun d'entre nous. Vous n'êtes pas né ceci ou cela… Vous êtes d'une certaine manière votre propre œuvre d'art, au sens où vous vous construisez sans cesse et pouvez devenir ce que vous aurez décidé de devenir. Sartre dit que notre existence est con-tin-gente… Attendez, attendez, j'écris le mot au tableau… Contingent, c'est le contraire de nécessaire, ça veut dire que tout est possible. 2 + 2 font nécessairement 4, mais la couleur de mon pull, elle, est contingente puisque mon pull est noir, mais aurait tout aussi bien pu être rouge, vous voyez ? Très bien… Regardez ces deux marqueurs. Ils sont identiques, rien ne les distingue vraiment parce qu'ils ont la même fonction, alors que, je ne sais pas, moi, même nos deux Nicolas, bien que portant le même prénom, sont bien deux individus distincts… Pourquoi ? Parce qu'ils sont libres. Et parce qu'ils sont libres, ils ne sont pas des objets, mais des sujets. Un objet peut être défini, comme le mot l'indique, « ob-jec-ti-vement », pas un sujet, parce qu'un sujet est toujours en construction… Oui, Lucian ? Très bonne question, mais non, pas du tout, parce que je ne me définis pas seulement par mon métier, Dieu merci !, je continue à faire des choix, ne serait-ce que celui de rester professeur de philosophie, mais je pourrais très bien changer de métier et, croyez-moi, j'en ai souvent envie… Je suis donc, tout comme vous, toujours en construction… Quand est-ce que cela cesse ? Très bien, Séri !, oui, parfait : quand nous mourrons, bravo ! La mort transforme le sujet en objet. Lorsqu'on meurt, on peut alors être défini. Il est impossible de juger un homme avant sa mort parce que, jusque-là, il peut changer. Ricardo, enfin !

Walid, taisez-vous, qu'est-ce que j'ai dit à propos des insultes en classe ? Non, « sa mère la pute » n'a rien d'amical, non… Walid, ça suffit, ça suffit vous deux ! Prenons avec humour ce que vient de dire Ricardo, ça me fournit un exemple. On le prend avec humour, Walid, d'accord ? Sûr ? Bon, voilà, ce n'est pas parce que Walid a été aujourd'hui une « poucave », selon la si jolie expression de Ricardo, qu'il sera une « poucave » demain, vous voyez ? Il va changer… Qui sait ce qu'il en sera de Walid dans dix ou vingt ans ? Voilà, je vous le souhaite, Walid : Walid sera peut-être un footballeur professionnel. Oui, au Real, si vous voulez, mais il sera peut-être aussi un gentil père de famille qui demandera à ses enfants de bien travailler à l'école, il sera peut-être heureux, peut-être malheureux, il sera sans doute heureux, puis malheureux, puis heureux de nouveau, etc., mais ce n'est que lorsqu'il sera mort qu'on pourra dire qu'il a été ceci ou cela. Prenons l'exemple du maréchal Pétain. Vous êtes sérieux ? Personne ne sait qui est le maréchal Pétain ? Oui, Séri, c'est ça, il a été à la tête du régime de Vichy pendant la Seconde Guerre mondiale… Vous ne savez pas ce qu'est le régime de Vichy ? Nom d'un chien, qu'est-ce qui m'a pris de prendre un exemple historique… Bon, la Seconde Guerre mondiale, vous connaissez les dates ? Mon Dieu… Non, mais là ce n'est pas possible de dire de telles énormités... 39-45, bien entendu, Séri, oui... Pardon ? Dites-moi que vous plaisantez Kevin... Non ? Bordel : *1939-1945*... Bon, le régime de Vichy, c'est le régime qui a collaboré avec Hitler, qui a même devancé ses désirs en promulguant des lois anti-juives. Walid ! On ne dit pas « feuj » en ricanant, non, certainement pas. Pourquoi ? Parce que c'est raciste. C'est comme si quelqu'un désignait un Noir en employant le mot « nègre », ou un Arabe en employant celui de « bougnoule »... Qu'est-ce qu'il y a ? Je vous préviens, si je vous entends proférer le moindre propos antisémite, je vous colle un rapport, c'est compris ? Arrêtez de ricaner bêtement, Walid, vous êtes en train de sérieusement m'agacer. Non, je ne suis pas juif, mais si je l'étais, ça changerait quoi ? Bref. Tout ça pour dire que le maréchal Pétain, l'un de ceux grâce auxquels la France a fini par l'emporter sur l'Allemagne en 1918, à l'issue de la Première Guerre mondiale donc, incarne aujourd'hui la figure de la Collaboration. Ce que je veux dire, c'est que si Pétain était mort dans les années 1920, il serait aujourd'hui considéré comme un héros et il y aurait sans doute des statues de lui dans toutes les villes de France. Hélas, il est mort trop tard, et son nom est aujourd'hui marqué d'infamie, vous voyez ? Bien. Puisque vous êtes attentifs, aujourd'hui, compliquons un peu les choses... C'est gentil, Émir, oui, je trouve aussi que c'est intéressant. Si vous voulez tout savoir, c'est en découvrant ces idées à votre âge que je me suis intéressé à la philosophie... Bref, ce que je voulais dire, c'est que l'homme existe, mais il n'est pas... La différence est toute bête : exister a pour étymologie... Oui, Rukie ? Ah, vous prenez des notes ? Oui, il y a un Y. Ah non, non, Rukie, c'est une faute courante, il n'y a pas de H après le T, non... Pourquoi, je n'en sais rien, c'est comme ça... Enfin si, je le sais, mais peu importe... C'est parce que c'est un mot d'origine grecque et que dans l'alphabet grec, il y a la lettre « *tau* » qui correspond à notre T, et la lettre « *thêta* » qui correspond au « th ». Bref, qu'est-ce que je disais ? Ah oui, exister... Exister, donc, a pour racine latine le préfixe « *ex* », qui veut dire « en dehors », c'est comme lorsque vous parlez de votre « ex », c'est votre « ex » parce qu'il ou elle est « en dehors » de votre vie et, je l'écris au tableau, le verbe « *sistere* » qui veut dire « se tenir ». Sabrina et Clarisse, ça va mal finir, arrêtez de bavarder et écoutez... L'homme existe, donc, au sens où il se tient toujours en dehors de lui-même, au sens où il change sans arrêt... Non, bien entendu, Séri, vous n'êtes pas très différent d'il y a cinq minutes, mais vous constatez que vous n'êtes pas le même homme qu'il y a dix, ou même un an, non ? Eh oui, et pourtant, vous ne vous êtes pas réveillé un matin en vous disant « tiens, j'ai changé », vous changez par changements infinitésimaux mais constants, vous voyez ? Cool. Les autres ? Bien. L'homme, à strictement parler donc, *existe* alors qu'un objet *est*, car le verbe « être » exprime la permanence d'un état... Vous voyez, mon marqueur *est* un marqueur et restera un marqueur toujours identique à lui-même, et mon pull est noir et le restera... Ah oui, bonne objection, Soumayya, bravo, mais ça ne marche pas, pourquoi ? Oh oh ! Séri, on va faire de vous un philosophe ! Exact, Séri : un objet ne vieillit pas, ne change pas : il s'use, c'est-à-dire que les modifications qui l'affectent viennent seulement de l'extérieur, très bien, bravo... Ah, je suis content, ce n'est pas le programme, mais vous êtes attentifs, ça change. Je n'y peux rien, Youssouf, ce n'est pas moi qui choisis les programmes, ce sont de vieux messieurs, des pédagogues professionnels, bien contents d'eux-mêmes, qui n'ont pas vu d'élèves depuis des dizaines d'années, eh oui, c'est comme ça. Bref... Clarisse, vous prenez vos affaires et vous allez vous installer au fond de la salle. Ce n'était pas une question, Clarisse. Si vous ne voulez pas faire ce que je vous dis, vous prenez vos affaires et la porte. Clarisse, soit vous vous installez au fond de la classe, soit vous sortez. Ne me regardez pas comme ça, Clarisse, je vais vous coller un rapport... Vous préférez partir, très bien. Célia, accompagnez Clarisse à la Vie scolaire et rapportez-moi un mot de prise en charge. À tout de suite, Célia. Bon, reprenons… Sartre nous explique donc que comme chez l'homme l'existence précède l'essence, il est libre… Tout le monde a compris ? Bon… Tout le monde devrait être content, puisque tout le monde revendique sa liberté… Mais, note Sartre, les gens ne veulent de la liberté que de manière abstraite, parce que, concrètement, ils ne la supportent pas ! Et c'est là qu'il va parler des lâches et des salauds… Mais oui, vous pouvez mettre ce mot dans une copie, à condition bien entendu d'en parler de manière philosophique, sartrienne, et donc de bien définir le terme. Ah, bonne question, j'écris le mot au tableau… À votre avis ? Eh non, salaud, ça s'écrit… comme ça… parce que salaud n'est pas le masculin de salope. Du moins pas à l'origine… L'usage a fait disparaître salop, S, A, L, O, P, et salaude… Walid, Nicolas et Mohamed, c'est bon… Oui, on a compris… Mon Dieu… Bref, revenons-en à nos salauds et à nos lâches. Les salauds et les lâches, dit Sartre, sont des hommes, et là encore c'est un concept sartrien, sont des hommes de « mauvaise foi »… Oui, entrez ! Merci Célia, reprenez votre place. La mauvaise foi, donc… Je l'écris au tableau… Walid, j'ai le dos tourné mais je vous entends, vous n'allez pas répéter « salope » jusqu'à la fin du cours… Oui, foi sans S… Voilà… Non, pas de E non plus, Setan, sinon il s'agirait de l'organe. Qu'est-ce que c'est la mauvaise foi ? Pour préciser ma question : qu'est-ce qui distingue la mauvaise foi du mensonge ? Eysa ? Il y a de ça, oui… Pour être plus précis, lorsqu'on ment, on sait que l'on ment et que l'on cherche à tromper l'autre, mais quand on est de mauvaise foi, on ne cherche pas à tromper l'autre : on se ment à soi-même et on croit à ses propres mensonges, vous voyez ? Bon, très bien… Alors, comme je vous le disais, il y a deux types d'hommes de mauvaise foi : le lâche et le salaud. Leur point commun est qu'ils se mentent au sujet de la liberté. Le salaud, et on commence par lui parce qu'il nous intéresse moins, c'est celui qui nie la liberté des autres parce qu'il croit son existence nécessaire, alors qu'elle est contingente, il se croit donc supérieur aux autres et se permet d'essayer de les dominer… Ha ha ! Bien vu, Grigore, on peut dire que les profs peuvent être des salauds… Il y a des salauds inoffensifs, comme les profs, comme tous ceux qui vous veulent du bien et pensent pouvoir vous dire au nom de leur profession ou de leur expérience qu'il faut faire ceci ou cela, et il y a les salauds dangereux, qui se sentent investis d'une mission, mais peu importe, le salaud ne nous intéresse pas. Celui qui nous intéresse, c'est le lâche… Oui, voilà, Walid, vous, c'est vrai, Boh aussi, mais en réalité tout le monde, même moi parfois, je vous l'assure… Je vous ai rarement vus aussi attentifs, c'est agréable... Revenons en arrière. Pourquoi la liberté est insupportable, insupportable au point que Sartre dit de l'homme qu'il est « condamné à être libre » ? Oui, condamné à la liberté. C'est ça, Séri, c'est un paradoxe. Alors, réfléchissez. Eh bien, parce que cela veut dire que vous êtes sans excuse. Cela veut dire que si vous ratez votre vie, et pour certains, ça ne manquera pas... Tttttt, on se calme, évidemment que ça ne manquera pas, c'est normal... Qu'est-ce qu'il y a Mohamed ? Si j'ai réussi ma vie ? Je vous le dirai quand je serai mort... Vous, vous l'avez déjà réussie ? Je vous crois, tant mieux. Ah oui, en effet : je n'ai ni BlackBerry, ni Audi A3, je n'ai d'ailleurs pas de voiture, même pas le permis... Je veux bien vous croire, Mohamed, il n'y a pas de problème. Mais même si vous gagnez plus d'argent que moi, ce n'est pas pour autant que votre vie est réussie : il y a d'autres paramètres, on peut être riche et malheureux... Hé, hé, stop, tout le monde ! Ce n'est pas le sujet... Oui, Walid, vous gagnerez des millions quand vous jouerez au Real, d'accord, d'accord... Oui, oui, il faut de l'argent pour être heureux... Il y contribue grandement, oui, oui, personne ne dit le contraire. Stop ! Ça suffit, on n'est pas au café du Commerce ! Ça y est, tout le monde est calmé ? Je peux reprendre ? Bordel... Même si Séri le dit vulgairement, il a raison : fermez-la un peu… Comment voulez-vous que je ne m'énerve pas alors que vous ne savez pas vous tenir, bordel ! Bon… Je disais donc qu'être libre, c'est être responsable de ce que l'on fait et donc de ce qui nous arrive. Or, comme c'est souvent insupportable, on se trouve des excuses, des déterminismes. Le lâche – Walid, vous comprendrez mieux pourquoi je vous qualifiais ainsi tout à l'heure –, c'est celui qui fuit ses responsabilités, qui se trouve des excuses, qui fait des choix en prétendant qu'il n'avait pas le choix, qu'il n'a pas pu faire autrement, que c'est la faute de la société, de sa famille, de l'école, de tout ce que vous voulez. Or, comme je vous le disais, vous êtes libres en toutes choses, notamment en celle de venir en cours ou non. D'ailleurs, là, si l'un de vous voulait sortir, il pourrait le faire, rien ne s'opposerait à ce qu'il se lève, prenne ses affaires et sorte, vous voyez ? Oui, oui, je suis d'accord, Walid, je suis d'accord : vous vous exposeriez à des sanctions de l'administration, de vos parents… Et c'est justement parce qu'il y a toujours une contrepartie que nous sommes libres. Vous choisissez d'éviter les sanctions, et c'est pourquoi vous avez bien décidé, vous, de venir en cours et d'y rester, du moins tant je ne vous exclus pas, vous comprenez ? Encore une fois, l'exemple de Pollya est probant : elle a choisi d'affronter l'administration, et peut-être ses parents, plutôt que de venir en cours. Mieux, regardez Clarisse : je lui ai donné l'ordre de changer de place, mais elle a choisi de sortir, de s'exposer à une sanction… Oui, c'est bon ? Ha ha ! Walid va devenir sartrien ! Ah bon ? C'est vrai ? Non, je ne savais pas qu'il y avait une rue Jean-Paul-Sartre à Épinay, non… Pourquoi ne pas en avoir parlé tout à l'heure quand j'ai demandé si vous connaissiez Sartre ? Si vous faites le rapport maintenant, c'est déjà bien, après tout. Bon, passons… Pour que vous compreniez que rien n'oblige à rien, revenons à la Seconde Guerre mondiale. À ce sujet, Sartre a écrit une phrase qui peut paraître à la fois paradoxale et ambiguë : « Jamais nous n'avons été aussi libres… » Qu'est-ce qu'il se passe encore ? Non, Youssouf, vous n'allez pas « claquer la bouche » d'Arnaud ! Bordel, c'est pas vrai… Et ça vous fait rire, Arnaud ? Oui, ouvrez la fenêtre un moment, Youssouf. Arrêtez de rire, les autres, ce n'est pas drôle… Oui, oui, c'est naturel, c'est ça, je ne veux plus vous entendre, Arnaud, plus un mot, vous m'avez compris ? Oui, il fait froid, mais Youssouf fermera la fenêtre dès que l'odeur aura été évacuée. Bordel. Je n'ai pas l'impression d'être prof, mais éducateur spécialisé… Bon, reprenons. Où en étais-je ? Pardon Rukie ? Ah oui, la phrase de Sartre… Donc, je vous disais que Sartre a écrit : « Jamais nous n'avons été aussi libres que sous l'Occupation allemande. » Écoutez bien, surtout vous Walid, c'est pour vous répondre que je développe cette idée... Donc, cette phrase peut paraître paradoxale puisque la France était occupée par les Allemands, que des gens étaient arrêtés, d'autres exécutés ou déportés. Apparemment, il n'y avait aucune liberté, vous êtes d'accord? Comment, Séri? Très bien, Séri, je vous félicite parce que c'est exactement ça: la situation était si oppressante que les Français devaient tous faire un choix: résister ou collaborer, sachant qu'il y avait deux types de collaboration: la collaboration active, qui consistait à aider les Allemands, et la collaboration passive, qui consistait à les laisser faire. Or, justement, ceux qui ont laissé faire prétendaient qu'ils y étaient obligés, que sinon ils auraient été arrêtés, torturés, fusillés ou déportés, qu'ils avaient une famille à protéger, etc. Pourtant, il y en a qui, dans la même situation, ont résisté, ont résisté selon leurs moyens, les uns en combattant, les autres comme ils le pouvaient. Vous voyez? Oui, Rukie? Ah oui, je comprends votre objection, bien sûr. Si: ne rien faire, c'est collaborer, parce que ne rien faire, c'est participer de manière passive, donc soutenir. Prenons un exemple: vous vous souvenez de ce qui s'est passé il y a dix-huit mois, lors des dernières élections présidentielles? Voilà. Bon, eh bien, si les gens ne s'étaient pas mobilisés au deuxième tour de l'élection, s'ils avaient laissé faire, si d'une certaine manière ils n'avaient pas résisté en se rendant aux urnes, Jean-Marie Le Pen serait aujourd'hui président de la République. On peut donc dire qu'en ne se déplaçant pas, ils auraient, certes passivement, je vous l'accorde, mais ils auraient tout de même choisi de laisser l'extrême-droite et le racisme l'emporter ; n'ayant pas voté contre, cela aurait été comme s'ils avaient voté pour. « Si je ne choisis pas, je choisis encore » disait Sartre… Pardon Moussa ? Pas raciste, le Front National ? Vos parents ont voté Front National ? Vous vous taisez les autres, oui ? Laissez parler Moussa. Au premier tour seulement ? Original… Pourquoi pas, après tout, hein, les gens votent bien pour qui ils veulent… Mais bon, je n'ai pas à parler de politique et ai donc choisi un mauvais exemple, désolé. Bref, ce que je voulais dire, c'est que l'on n'est jamais obligé de rien, que la désobéissance à un ordre juste ou injuste est toujours possible, que ne pas l'admettre, selon Sartre, c'est être de mauvaise foi, c'est être lâche, ça va, vous avez compris ? Ah, mais je suis d'accord, Lucian, je suis d'accord et je l'ai dit : il est difficile d'échapper à la mauvaise foi, d'ailleurs quand mon réveil sonne, je suis moi-même souvent de mauvaise foi, car je me dis que je suis forcé de me lever, alors que ce n'est pas le cas… Ce qu'il faut, c'est éviter autant que possible de l'être. L'homme se définit par sa liberté, c'est ce que veut dire Sartre... Pardon, Séri ? Oui, bien entendu, il y a plein de choses que nous n'avons pas choisies : notre famille, notre date et lieu de naissance, notre corps, n'est-ce pas, Walid ? Ha ha ! Mais ces éléments ne restreignent pas la liberté. Sartre appelle cela la « situation ». Ce sont les éléments à partir desquels nous aurons à nous décider, à faire des choix, vous voyez ? Tout le monde ? Très bonne objection, Séri. Évidemment, il y a des situations qui sont plus faciles que d'autres, c'est clair qu'avoir dix-sept en France aujourd'hui, c'est plus facile qu'avoir dix-sept ans en Irak ou d'avoir eu dix-sept ans en France sous l'Occupation, mais dans ces trois cas, l'homme est libre et devra faire des choix. Tout le monde a compris ? Bien, on y arrive ! Walid, avez-vous compris en quoi je pouvais dire que vous étiez lâche, au sens sartrien du terme ? Non ? Bon, tant pis... Je vois qu'il est trop tard pour reprendre le cours... Hé, il reste cinq minutes, est-ce que je vous ai dit de ranger vos affaires ? On se rassoit ! Allez... Bien. C'est bon, va, rangez vos affaires et filez, bande de pénibles... Oui, oui, au revoir, au revoir et au plaisir, hein !

2006
AUTOPSIE D'UNE HISTOIRE D'AMOUR

SITÔT TERMINÉE LA RÉUNION de prérentrée, ses collègues s'étaient précipités au secrétariat pour prendre connaissance de leur emploi du temps, avec la même frénésie qui les saisissait probablement à l'ouverture d'H&M le premier jour des soldes. La seule question qui, ces derniers jours, les avait tourmentés au point d'avoir gâché la fin de leurs vacances – et pour d'aucuns fait perdre le sommeil ou provoqué ce matin la boule au ventre –, n'avait pas été de connaître la répartition des classes dont ils auraient la charge, non plus que le nom des collègues avec lesquels ils auraient à travailler : la seule, l'exclusive, l'unique question pour eux avait été de savoir si leur emploi du temps serait conforme à leurs désirs. Et comme chaque année, leur déception serait à la hauteur de leurs exigences : l'un ne voulait travailler ni le vendredi, ni le samedi, l'autre ni le mercredi ni le samedi, l'un souhaitait ne travailler que l'après-midi, l'autre que le matin, l'un ne jamais commencer à 8 h 30, l'autre ne jamais finir après 16 h, etc. Fébriles, ils faisaient la queue devant la porte du secrétariat. À mesure qu'ils avançaient, leurs bavardages se tarissaient. Ils s'efforçaient de sourire avec à peu près autant de dignité et de résignation qu'au seuil du cabinet d'un proctologue. Leur précieux document en main, ils se rendaient en salle des professeurs afin de l'examiner. Alors que les plus chanceux se faisaient aussi discrets que possibles, d'autres cédaient au désespoir (il lui était arrivé d'en voir certains fondre en larmes) tout en maudissant la direction, dont l'objectif supposé était de leur pourrir l'existence, fulminant et affirmant que cela ne se passerait pas comme ça: il fallait agir, en appeler aux syndicats, au conseil d'administration, au recteur, au ministre. Tous estimaient, comme chaque année, que c'était le pire emploi du temps qu'ils avaient jamais eu. Alors, en ordre de bataille, ils s'en allaient assiéger militairement le bureau du proviseur adjoint et quémander humblement tel ou tel aménagement.

Lui ne s'était jamais soucié de cette question, se résignant stoïquement à ce que l'on lui octroyait. Après tout, une année scolaire ne comptait guère qu'une trentaine de semaines.

– Putain, t'as vu la nouvelle prof d'anglais?

C'est en ces termes que, ce lundi 3 septembre 2001, il entendit parler de Carolyn pour la première fois. Il n'avait pas vu arriver Régis, ce prof d'il n'avait jamais su trop quoi, une de ces disciplines technologiques dont il ignorait jusqu'au nom. Qu'il commençât chacune de ses phrases par « putain » était déjà agaçant, mais plus irritante encore était son appartenance à l'espèce des tontons rigolos sur lesquels on tombe tôt ou tard lors d'un mariage. Toujours à l'affût d'un auditoire, il greffait son mètre quatre-vingt-dix et ses cent et quelques kilos à un groupe aussi fourni que possible, suivait la conversation les yeux écarquillés en se dandinant à la façon d'un pendule et, à la moindre pause dans la discussion, balançait une citation de Coluche ou de Pierre Dac, une réplique des *Simpson* ou des *Bronzés font du ski*, puis enchaînait en demandant à son public s'il connaissait telle histoire drôle qui le faisait déjà se gondoler. Malgré ses efforts pour prendre l'accent belge ou suisse, la blague tombait toujours à plat, ne récoltant que des sourires circonstanciés, au mieux un *elle est bonne* glissé furtivement par un collègue au grand cœur. Et tandis que ses auditeurs se remettaient à parler d'autre chose, il n'en finissait plus de se gausser, affichant la mine béate du gourmet qui se délecte encore du plat tout juste englouti. Deux ou trois fois par an, il demandait à Mittelmann en s'esclaffant si c'était bien *la poule qui philosophe ou si c'était le philosophe qui avait créé la poule…*

– Non, je suis arrivé en retard.

Depuis quelques années, Mittelmann prenait soin d'échapper au sempiternel discours d'accueil du proviseur, ainsi qu'à la présentation des nouveaux collègues qui, après que leur nom avait été énoncé, devaient se lever, saluer, puis se rasseoir sous des applaudissements modérément nourris. Il s'efforçait d'éviter cette cérémonie infantilisante tant le comportement de ses collègues l'affligeait. Les hommes – pas seulement les célibataires – étaient autant de petits nemrods aux aguets tournant la tête en tous sens dans l'espoir de voir surgir l'oie blanche susceptible d'être tirée ; les femmes, elles, commentaient en ricanant l'allure des nouveaux arrivants. Tous, finalement, se comportaient comme se comporteraient bientôt leurs élèves, jacassant sans cesse et de plus en plus fort jusqu'à ce que le proviseur leur demande de se maîtriser. Ils se calmaient alors pendant deux ou trois minutes, puis se remettaient à bavasser. Cela dit, il se demandait ce que pouvait bien avoir de si particulier cette nouvelle collègue pour que Régis en oubliât de lui parler de son emploi du temps.

– Putain, une bombe.

– Ça change.

– Putain, t'es vraiment un enfoiré, ha ha !

– T'es pas marié, toi ?

– Putain, oui, et comme dit Woody Allen : *Le mariage, c'est la mort de l'espoir*.

Avec Régis, l'enjeu était toujours le même : lui échapper. Quitte à devoir rejoindre la file des collègues.

– Bon, je vais chercher mon emploi du temps.

– Putain, t'es pas pressé, mes condoléances !

C'est le mardi suivant, à la récréation de 10 h 25, qu'il put se rendre compte à quel point Régis n'avait pas exagéré. Comme à son habitude, il avait libéré sa classe deux, trois minutes avant la sonnerie, et fumait déjà devant le portail quand les élèves se répandirent en coulées braillardes à l'extérieur du lycée. Il ne le savait pas encore, mais ce jour serait inoubliable : dans moins de cinq heures, deux avions s'encastreraient dans les tours du World Trade Center, provoquant l'entrée du monde dans le XXIe siècle, et dans moins de cinq minutes il apercevrait Carolyn pour la première fois, ce qui ferait basculer sa vie dans une nouvelle ère.

Il fumait en échangeant des considérations météorologiques avec sa collègue d'allemand lorsqu'il se rendit compte qu'ils s'étaient insensiblement éloignés du portail. D'habitude, il n'y avait là qu'une poignée de fumeurs, mais, ce matin-là, une bonne dizaine de mâles étaient sortis de leur caverne, les repoussant, sa collègue et lui, de quelques mètres. Tout ce petit monde parlait fort, riait et se déplaçait à la manière d'une galaxie en voie de formation, tournant les uns autour des autres à la recherche de la stabilité.

– Qu'est-ce qu'ils foutent ?

– Ça doit être à cause de la nouvelle prof d'anglais, la coqueluche de ces messieurs. Ils vont en être pour leurs frais : elle a un copain. *Das ist schade !*

– Du kennst sie ?

– Un peu, elle s'appelle Carolyn. Je vais prendre un café, à plus !

– À plus, *ja.*

Rejoint par Régis, le groupe s'était enfin immobilisé. C'est alors qu'il aperçut Carolyn, l'étoile autour de laquelle gravitaient tant de petits satellites. Elle était belle. Très. Elle semblait âgée d'une petite vingtaine d'années (elle en avait en réalité vingt-huit), n'était pas très grande, un mètre soixante-cinq à peu près, et, quoique fine, son chemisier laissait deviner une poitrine orgueilleuse. Il pensa aussitôt à la Vénus de Botticelli, non à celle sortant des eaux, mais à celle de la *Primavera* qui l'avait tant frappée à la Galerie des Offices de Florence, où il s'était rendu avec Perrine pour leurs dernières vacances de couple marié. Carolyn en avait les longs cheveux châtains aux reflets auburn qui moutonnaient sur ses épaules, la peau nacrée, presque translucide, la petite bouche aux lèvres charnues et incarnadines, le nez droit et court, et surtout les grands yeux noisette frangés de longs cils noirs, des yeux sémillants d'où affleurait cette mélancolie, plutôt cette sorte de tristesse existentielle que peignait si bien Botticelli. Comme il lui revenait à l'esprit que, dans le tableau du maître florentin, un cupidon à l'arc bandé voletait au-dessus de la déesse, il ne put s'empêcher de penser que le démon avait tiré sa flèche.

Les semaines passèrent. Il échangeait parfois quelques mots avec elle au sujet de leurs élèves, mais restait aussi distant qu'on peut l'être avec une femme que l'on désire mais dont on sait les faveurs inaccessibles. Son âge, il le savait, le condamnait à la dilection. Pendant les récréations, il ne détournait le regard que lorsqu'elle le guignait du coin de l'œil.

Fin novembre, se tint le conseil de classe des terminales L1. Il était près de 19 h 30 quand le proviseur remercia les professeurs.

– Tu veux que je te ramène ? Tu habites Paris, non ?

Habituellement, il déclinait ce genre de proposition, préférant lire dans le RER que d'avoir à subir la conversation d'un collègue.

Mais c'était Carolyn.

Sur le trajet, ils évoquèrent d'abord les banalités d'usage au sujet du conseil de classe et de l'Éducation nationale, tout en mentionnant quelques menues informations sur leurs parcours respectifs : tous deux avaient fui leur province, lui Commercy, elle Libourne, afin d'étudier à la Sorbonne. Une solution de facilité, lui confia-t-elle, car, née d'un père écossais, elle était naturellement bilingue. Profitant de l'obscurité pour la contempler, il aurait pu parler d'à peu près n'importe quoi.

– *So*, tu habites dans quel quartier ?

– Dans le 13e, près de Bibliothèque. Mais tu peux me larguer n'importe où, il y aura forcément une station de métro.

– J'entre dans Paris par Bercy, tu me diras où te déposer.

– Devant le Palais omnisports, ça sera parfait. Tu habites quel coin, toi ?

– Le 11e.

– J'ai longtemps habité boulevard Voltaire, avec mon ex-femme.

– Je suis impasse des Primevères, une petite rue, *so cute*, entre Richard-Lenoir et Chemin-Vert.

Ils se trouvaient déjà sur l'A4 et n'allaient plus tarder à entrer dans Paris.

– Au fait, j'ai lu un de tes livres. Il y a deux ou trois ans de ça, *La Gravité de Saturne*. J'ai beaucoup aimé. Beaucoup.

Il n'avait jamais trop su que répondre à un compliment, mais c'était pire cette fois : il était tellement surpris qu'il s'était contenté d'un *ah* et d'un *merci* crispés.

– Comme le personnage principal est prof de philo, je me demandais dans quelle mesure il te ressemblait… Parce que vous n'avez pas beaucoup de points communs : il est déprimé et se fout de ses élèves, qui le lui rendent bien, alors que toi, tu as la réputation d'être un excellent prof, qui plus est adoré de ses élèves.

– Tu sais que je vais être ennuyeux si je te réponds ?

– Je suis certaine que non.

– La question m'a souvent été posée et ma réponse a toujours été la même : c'est une fiction. Il ne s'appelle pas Mittelmann, il a dix ans de plus que moi, et s'il exprime parfois des choses que je pense, c'est de manière outrancière. Alors, oui, lui et moi sommes profs de philo, mais ça s'arrête là.

– Je comprends… Tu me le dédicaceras ?

– Bien sûr… Si tu me permets cette indiscrétion : comment es-tu tombée sur ce livre ? On ne peut pas dire qu'il se soit beaucoup vendu…

– Ah, mince. Eh bien, je ne l'ai pas acheté en librairie, mais dans un vide-grenier. Un euro, je crois. J'ai été attirée par le titre. Ça ne te vexe pas ?

– Pas du tout. Mon éditeur prétend que se retrouver sur le marché de l'occasion est le premier pas vers la notoriété. Je ne partage pas son optimisme…

– Il est quelle heure ?

– Un peu plus de 20 h.

Ils étaient entrés dans Paris par les quais ; dans une ou deux minutes, elle se garerait, et il lui faudrait attendre trois mois avant d'avoir l'occasion de passer de nouveau un peu de temps en sa compagnie.

– Ça te dit d'aller manger un morceau ? Mon copain travaille jusqu'au petit matin, il tient un bar à Oberkampf.

Carolyn avait émis le désir de passer la soirée avec lui mais, afin qu'il ne se fasse pas la moindre illusion, avait bien précisé avoir un copain. C'était malin mais inutile : elle était jeune et belle, il était quelconque et vieillissant.

– Je vais me garer aux Halles, on trouvera bien un endroit où dîner. Des sushis, ça te dit ?

– Euh... Non, pas des sushis. Une mauvaise expérience...

– Italien alors ? Ah oui, tiens, j'ai très envie d'une pizza !

Après quelques minutes d'errance dans le dédale des petites rues sales et malfamées des Halles, ils dénichèrent une pizzeria à l'angle des rues de la Petite et de la Grande-Truanderie. La salle, avec ses corniches et ses pilastres de polystyrène, ses statues de plâtre et ses affreuses fresques criardes représentant ici un panorama sur le Vésuve, là une vue sur le port de Naples, avait tout d'un décor de théâtre amateur de province. Sur les tables aux nappes de papier rouge étaient posées des bouteilles d'huile serties d'osier aux couleurs du drapeau italien, dans lesquelles stagnaient de vieux piments bruns et racornis. Le serveur, avec sa veste en queue-de-pie aussi élimée que lui, et pas plus italien qu'eux, parlait avec ce qu'il considérait sans doute comme l'accent indigène. Une fois installés tel un couple d'amoureux à une table à l'abri des regards, Carolyn trouva l'endroit ravissant.

Tout en mangeant leurs pizzas (pas si mauvaises) et en buvant leur Chianti (acceptable), Carolyn l'interrogea sur l'écriture. Malgré ses pudeurs, il s'exprima sans déplaisir, évoquant tour à tour ses difficultés, ses déceptions, ses espoirs et ses – modestes – fiertés. Elle l'écoutait, parlant peu, évoquant seulement son désir de traduire, désir pour lequel il s'enthousiasma au point de lui proposer de rencontrer quelques écrivains américains de sa connaissance installés à Paris. En lui faisant miroiter un monde qui devait lui sembler auréolé de prestige, il se trouva pathétique : il ne faisait que l'appâter. Avant d'en faire partie, lui aussi avait rêvé de ce petit milieu où ne devaient régner que la finesse, la distinction et la sagacité. Mais ledit petit milieu l'avait déçu : comme dans celui de l'entreprise ou de la politique, les mêmes compromissions, les mêmes tartufferies et les mêmes rivalités étaient à l'œuvre – auteurs, éditeurs, libraires et journalistes se flattant les uns les autres afin d'asseoir ou d'améliorer leurs positions. Après avoir bu l'insipide limoncello offert par la maison, il régla l'addition sans se soucier des protestations de Carolyn.

Qui proposa une promenade sur les quais de Seine.

Ils marchaient dans le froid, en silence. Sur leur gauche, la Conciergerie, que des projecteurs éclairaient, prenait des airs de château fort ; sur leur droite, à contre-courant des eaux noires de la Seine, des phares les éblouissaient par à-coups sans perturber le sommeil des malheureux allongés sur les bancs des abribus, leur barda au sol, au milieu de canettes de bière et de papiers gras. Ils avançaient, les mains dans les poches, le visage engoncé dans leurs écharpes. Mais dans sa tête à lui, c'était le printemps. Bien sûr, il s'interrogeait sur les intentions de Carolyn – comment faire autrement ? Il avait quarante et un ans, elle vingt-huit ; il était divorcé, elle en couple ; et il se faisait malgré tout l'effet d'un adolescent complexé qui, ayant par miracle arraché un rendez-vous avec la plus belle du lycée, se demande sans trop y croire s'il aura la chance de lui voler un baiser.

– On m'a dit que, malgré son nom, c'est le plus vieux pont de Paris.

– C'est le cas : il a été construit entre la fin du XVIe et le début du XVIIe siècles. Henri III, le dernier Valois, en a posé la première pierre et Henri IV, le premier Bourbon, en a achevé les travaux. D'où sa statue équestre, juste là. Il a été appelé Pont-Neuf, certes parce qu'il était neuf, mais aussi parce qu'il constituait une nouveauté pour l'époque : c'était le premier pont de Paris à ne pas être habité et à être doté de trottoirs pour les piétons.

– Comment ça, pas habité ?

– Eh bien autrefois, sur les ponts, il y avait des habitations d'un ou deux étages, comme sur le Ponte Vecchio de Florence, tu vois ?

– J'ignorais.

– Et, jusqu'au XIXe siècle, ces corbeilles abritaient des commerces : tondeurs de chiens, dentistes, bouquinistes, etc.

Et là, suis-moi, c'est la place Dauphine, l'une des plus belles de Paris. Elle aussi a été aménagée sous Henri IV, à peu près en même temps que la place des Vosges.

– Tu en sais des choses.

– Excuse-moi, je ne voulais pas…

– Non, ne t'excuse pas, c'est intéressant !

Afin de se protéger des postillons de bruine crachotés par une bise soudaine, ils s'abritèrent sous un porche. Frigorifiée, Carolyn se blottit contre lui puis, dans la clarté sélénique, l'embrassa. Sa bouche était un calice. Il eut l'impression que son esprit se noyait, submergé par des vagues d'émotions qui n'en finissaient pas de l'engloutir. Il ne reprit ses esprits qu'une fois chez lui. Là, émerveillé, il la déshabilla lentement. Son corps glabre, sans imperfection aucune, pas même une tache de naissance, donnait l'impression d'être à lui seul la preuve de l'existence de Dieu. C'est bien plus tard qu'il se rendrait compte que Carolyn n'avait jamais été la douce Ève créée pour le bonheur d'Adam, mais plutôt Lilith, le démon femelle d'apparence angélique modelé par Dieu dans l'argile blanche, et même Pandore, « semblable aux dieux immortels », forgée par Héphaïstos, à laquelle, selon Hésiode, Aphrodite et Hermès avaient offert en plus de la beauté « l'art du mensonge, les discours séduisants et le caractère perfide » afin d'« inspirer les violents désirs et les soucis dévorants ». Aujourd'hui encore, il en restait persuadé, Carolyn était tout à la fois Lilith et Pandore – « un si beau mal ».

Ils firent l'amour comme dans un film hollywoodien. Longuement, sérieusement, tendrement. Puis Carolyn, en pleurs, rentra chez elle. Il craignait ne plus la revoir ailleurs qu'au lycée, mais elle revint. Et revint encore. Jusqu'à prendre la décision de quitter Nicolas, son compagnon – il fallait seulement, insistait-elle, qu'il se montrât patient.

S'ouvrit une longue période au cours de laquelle il la soutint autant qu'il put, tant elle était au désespoir : si elle l'aimait sincèrement, elle s'en voulait de quitter Nicolas qu'elle aimait encore – mais plus assez, moins que lui. Enfin elle ramassa ses affaires et sa chatte et, ne voulant pas s'installer trop vite chez lui, emménagea en catastrophe dans un studio sordide perché au sixième et dernier étage sans ascenseur d'un immeuble triste et gris, rue Watteau. Chaque fois qu'il allait chez elle, c'était l'embarquement pour Cythère. Il ne se doutait pas que, de Watteau, il serait bientôt le Pierrot lunaire et mélancolique.

D'avril à fin mai, il vécut des jours d'une improbable intensité amoureuse : jamais il n'aurait cru cela possible, si ce n'est dans les romans à l'eau de rose qu'il n'avait jamais lus ou les films romantiques qu'il n'avait jamais vus. Ils ne parlaient que de leur amour, amour qu'ils faisaient deux, trois, parfois quatre fois par jour. Stupéfait, il se dédoublait, acteur et spectateur. Peu à peu, il s'aperçut qu'il y avait une bonne part d'orgueil dans la passion qu'il lui portait : il était l'élu. Celui qui avait le privilège de l'avoir dans son lit, quand ses collègues – qui ignoraient tout de leur relation, Carolyn préférant la tenir secrète – devaient se contenter de penser à elle en se masturbant ou en baisant leurs laiderons aux culs immanquablement aussi bas et lourds qu'un ciel baudelairien. Il éprouvait cet orgueil mal placé jusque dans les rues de Paris. Il se souvenait notamment d'une de leurs premières promenades, qui les avait conduits au jardin des Tuileries : de la Concorde à l'Arc du Carrousel, Carolyn avait été son ornement, son signe extérieur, son triomphe ; il marchait le regard fier, d'autant plus fier que tout le monde paraissait les regarder – du moins est-ce ce qu'il se figurait. Ils firent des projets tout au long du mois d'avril, parlèrent de mariage et même d'enfants. En mai, un peu moins. Fin juin, c'est comme s'ils n'en avaient jamais parlé.

Leur amour, s'en fit-il plus tard la remarque, n'eut pas d'été : au très bref printemps succédèrent un long automne et un interminable hiver. L'amour est un édifice fragile : sans l'alliance de deux volontés travaillant de concert à l'élever, le nourrir et le consolider, il ne peut que s'affaisser sur lui-même. Il avait voulu en faire un monument mais, bâti dans la précipitation, ses fondations se révélèrent bringuebalantes. À peine érigé, il montra des signes de fragilité : les étançons de la bonne volonté de Mittelmann n'avaient pas empêché les premières failles d'apparaître. Incapable de les colmater seul, il les vit se multiplier, s'élargir, pressentant un rapide effondrement dans un nuage de poussière dont nul phénix ne pourrait jamais renaître. À mesure que leur sexualité déclinait, sa frustration s'accroissait. Carolyn invoquait des migraines, des cystites, la fatigue surtout, une fatigue qui, au beau milieu des vacances d'été, s'apparentait à ce que Thomas d'Aquin appelait l'acédie, toujours accompagnée, selon lui, de « l'inaction, l'indolence, l'agitation de l'esprit, la nervosité, l'instabilité, le bavardage ». Languide, elle se couchait de plus en plus tôt, se levait de plus en plus tard et faisait des siestes à n'en plus finir, dont elle n'émergeait que péniblement. Le sommeil était une sorte d'étourdissement qui lui permettait de se dérober à elle-même, de s'abstraire d'un réel qui l'ennuyait, de retourner dans le confort solitaire de la vie utérine. Éveillée, elle se traînait dans la vie, attachée au boulet de son spleen. Elle ne l'accompagnait plus guère dans ses flâneries et, lorsque c'était le cas, ne prêtait plus aucune attention à ce qu'il lui montrait. Moins par hostilité à son égard qu'indifférence à ce qui l'environnait. Bien que parisienne depuis dix ans, elle était incapable de se repérer dans la ville, de situer la tour Eiffel ou le Sacré-Cœur (rive droite ? rive gauche ?). Un jour qu'ils passaient sur le Pont-Neuf, elle lui demanda s'il s'agissait bien du plus vieux pont de Paris.

À la rentrée suivante, Carolyn obtint un poste fixe au lycée de Montrouge. Il avait espéré que l'opportunité de travailler à une station de métro de Paris lui mettrait du baume au cœur. Au lieu de cela, elle n'eut plus qu'une obsession : quitter l'Éducation nationale. Après la débâcle socialiste et la victoire de Chirac sur Le Pen, il n'y avait plus grand-chose à espérer au sujet de leurs conditions de travail, aussi s'était-il résolu à la soutenir. Traduire, voilà ce qu'elle voulait. Telle était sa vocation. Il s'était alors démené pour lui présenter les quelques écrivains américains qu'il connaissait. Sous le charme, ceux-ci lui firent parvenir des manuscrits. Mais, obstinément velléitaire, Carolyn lisait peu, s'endormait sur des textes qu'elle finissait par abandonner, sous prétexte de médiocrité. Le projet avorta.

Deux activités seulement la rendaient heureuse.

Le cinéma, d'abord. Elle traînait dans les salles obscures aussi souvent que possible et y voyait à peu près tout ce qui sortait, se réjouissant autant des plus authentiques chefs-d'œuvre que des plus lamentables nanars. Il comprit alors pourquoi il n'était guère sensible à cet art – et pourquoi elle l'était tant : le cinéma ne requérait du spectateur qu'une passivité à laquelle aucun autre art n'aurait résisté. Au cinéma, ruminait-il, pas besoin de piétiner de tableau en tableau le long d'interminables galeries ; pas besoin de se concentrer de longues heures durant sur des centaines de pages, ni d'avoir à imaginer par soi-même des personnages, des paysages ou des situations : il suffisait de se vautrer dans un confortable fauteuil et de se laisser porter. Affaire réglée en deux heures. Le cinéma permettait à n'importe qui de passer un bon moment et de jouer ensuite à l'amateur éclairé. C'était l'art mis à la portée des lombrics. La seconde activité qui la comblait était de dîner au restaurant. Aussi, pour la contenter un tant soit peu, il l'y invitait aussi souvent que possible.

Le reste du temps, elle se laissait aller à son indolence naturelle, dérivant dans la vie à la façon d'une méduse au gré des courants marins. Cette mélancolie était contagieuse : lui-même se sentait de plus en plus morose, éprouvant qui plus est un mal de chien à écrire. Leur amour était moribond, et lui restait là, à son chevet, espérant une guérison.

Son rapport au réel la conduisait à mentir sans arrêt et la plupart du temps sans raison. Si on l'appelait pour aller boire un café et qu'elle était fatiguée, elle prétendait avoir trop de travail ; mais si elle avait trop de travail, elle invoquait la fatigue. Pour se justifier, il lui fallait toujours une bonne raison ; or, la réalité, qui à ses yeux souffrait d'insuffisances, n'en était jamais une. Mais elle pratiquait aussi le mensonge par omission. L'oblitération lui permettait de nier des pans plus ou moins vastes d'une existence qui ne lui convenait pas. Révisionniste, elle récrivait alors – en toute innocence ? – sa propre histoire pour y transplanter une cohérence plus conforme à ses désirs. Mittelmann s'était alors découvert suspicieux, même jaloux : pourquoi aurait-il été le seul à qui elle eût dit la vérité ? Il redoutait parfois qu'elle entretînt une liaison avant de le quitter. Il savait qu'il ne s'apercevrait de rien, car s'il y a souvent entre la vérité et le mensonge d'aussi imperceptibles différences qu'entre un original et sa contrefaçon, Carolyn était une redoutable faussaire. Quoiqu'elle lui fît plutôt penser à un peintre impressionniste procédant par petits coups de pinceaux, retouchant ici, pignochant là, tant et si bien que son tableau n'avait plus grand-chose à voir avec le modèle, une réalité s'étant subrepticement substituée à une autre.

C'est à l'été 2003 que, pour la première fois, il se sut victime de ses petits arrangements avec la vérité. Un après-midi qu'elle était partie en toute hâte à un rendez-vous, son ordinateur était resté allumé. Sur l'écran, un mail anodin d'une ancienne collègue, mais dont la dernière phrase le laissa circonspect : *Il ne te manque plus que l'amour, et tu le trouveras*. Il ouvrit – non sans quelques réticences formelles – le message auquel celui-ci répondait. Carolyn y relatait les derniers mois qu'elle venait de vivre : son année à Brunoy, sa séparation, son déménagement, son affectation à Montrouge. Rien ne manquait. Sauf lui. Dans le récit de sa vie, il n'existait tout simplement pas. À son retour, vaguement honteux de son indiscrétion, il garda le silence, et Carolyn s'endormit le soir, l'esprit tranquille. C'est en la regardant qu'il prit conscience de l'aimer trop. Il était piégé. Il se retrouvait bien incapable de la quitter : si sa seule présence ne faisait pas de lui un homme heureux, son absence lui aurait été insupportable. Il était comme le joueur de black jack qui enchaîne les défaites, devine qu'il va tout perdre, jusqu'à sa chemise, mais qui ne peut se résoudre à quitter la table, insiste et, quoique sachant la faillite inévitable, continue de cultiver l'espoir proprement dément de finir par gagner. Cela faisait un peu plus d'un an que Carolyn et lui étaient ensemble : cette femme tant aimée l'avait rendu irascible, jaloux, et pire encore méprisable à ses propres yeux. Plus il l'aimait, moins il s'aimait.

Ils continuèrent à s'éloigner. Plus il semblait résigné, plus elle se montrait agressive. En public, les piques avaient remplacé les rares gestes d'affection et, lors des discussions, elle qui, d'ordinaire, n'avait d'avis sur rien prenait à tous les coups parti contre lui. Il n'était plus amoureux, il vivait sous l'emprise de son charme. Dont il aurait bien du mal à se délivrer.

Mittelmann avait déjà séjourné dans la maison d'Étretat de Marc et Géraldine, mais jamais encore avec Carolyn. Jusqu'à ce mois d'août 2004.

Malgré le tourisme de masse, Étretat, avec ses maisons cauchoises aux toits et pignons essentés d'ardoise, avait conservé un certain cachet. Il aimait l'ambiance feutrée de ses rues les moins fréquentées, où avaient déambulé Monet, Courbet et Matisse, Offenbach, Massenet et Bizet, Maupassant, Flaubert et Gide, sans parler de Maurice Leblanc et son gentleman cambrioleur, dont la plus célèbre aventure reste *L'Aiguille creuse*. C'est d'ailleurs en direction de cette aiguille haute d'une cinquantaine de mètres – non pas creuse mais toute de craie et de silex –, qu'un après-midi, ils étaient sortis sitôt leur déjeuner terminé. Tandis que Carolyn marchait aux côtés de Géraldine et Marc en direction de Fécamp, il s'était attardé pour admirer les vaches qui broutaient, paisibles, inconscientes de la chance qu'elles avaient de bénéficier d'un tel panorama. Car les vaches l'avaient toujours fasciné. Sa mère lui avait souvent raconté que, dans sa petite enfance, quand ils rendaient visite à ses grands-parents paternels dans le fin fond de la Meuse, il courait dès que possible vers les gras pâturages à la rencontre de ces monstres de chair et de muscles qui l'émerveillaient et le terrorisaient tout à la fois. Leur placidité, leur corpulence et leurs pis roses gorgés de lait le captivaient. Devenu professeur, il lisait chaque année à ses élèves le début de la *Seconde considération intempestive*, dans laquelle le jeune Nietzsche s'extasie devant une vache « attachée au piquet de l'instant » et qui, ne sachant pas « ce qu'était hier ni ce qu'est aujourd'hui », a le privilège de vivre dans un éternel présent, sans la moindre considération pour le monde extérieur. Il s'était donc arrêté et avait réussi à attirer l'attention d'une génisse blanche bringée de brun, aux mamelles lourdes, qui avait avancé vers lui de sa démarche indolente et brouté dans sa main les poignées de fleurs qu'il lui tendait. Après les avoir ingurgitées, elle le fixa, débonnaire, de ses grands yeux noirs cernés de lassitude. Son regard voilé n'exprimait ni gratitude, ni curiosité, ni sentiment, rien ; il lui donnait l'impression de le transpercer pour se diriger, non vers la ligne d'horizon mais bien au-delà : vers le néant. Ce regard le bouleversait. Il avait quelque chose d'incroyablement attendrissant, comme pétri dans une sorte de nostalgie, de tristesse métaphysique, de mélancolie vide – la mélancolie de la bête qui se sait bête, qui traverse l'existence sans rien en comprendre, qui éprouve la vague intuition de sa propre vacuité, d'un sens perdu depuis toujours et à jamais. Soudain, il reconnut ce regard : c'était celui de Carolyn. Toutes deux, la belle et la bête, avaient ce même regard atone, incapable de voir, qui ne recouvrait quelque lumière que dans le coït ou la rumination. Il s'était leurré : les yeux de Carolyn étaient des pages blanches sur lesquelles il avait écrit les romances les plus absurdes. La Carolyn qu'il avait aimée plus que tout n'avait jamais existé : elle n'était qu'une fiction, un mirage, une chimère produite par son imagination de mâle solitaire. Sonné, il délaissa la bête qui s'était détournée et remise à brouter. Il avait dû s'attarder longtemps car, malgré les difficultés de Marc à déplacer son quintal, il lui fallut une dizaine de minutes pour rejoindre la petite troupe.

Carolyn somnolait un peu à l'écart, Marc et Géraldine, assis l'un contre l'autre, contemplaient l'aiguille de Belval, un monolithe haut de soixante-dix mètres, orphelin des falaises d'albâtre, au-dessus duquel débandait une nuée de goélands. On ne pouvait qu'oublier ses soucis, son quotidien, son existence même devant cet ouvrage façonné par la monstrueuse puissance des flots, ce morceau de roche crétacée, dressé là, sublime, depuis des millions d'années, que le ressac – rongeant ces falaises d'apparence infrangible, mais qui, inexorablement, se transformeraient un jour en sable et en galets – épargnait encore. Avec sa taille de guêpe, sa silhouette biseautée et sa robe de strates qui lui conféraient, à la manière d'une statue de Giacometti, une impression de fragilité, l'aiguille de Belval n'était que du temps rendu visible, le rappel de notre petitesse. Carolyn, elle, continuait de somnoler. Il ne l'aimait plus.

Mais il ne parvenait toujours pas à laisser derrière lui le champ de ruines de leur histoire. Il ne l'aimait plus, certes, mais était nostalgique de ces premiers mois magnifiques qui l'avaient ramené à la vie. Il veillait donc le cadavre de leur amour sans se résoudre à l'enterrer. Il le regardait se putréfier lentement, rongé par les vers de l'amertume

– il attendait que, poussière, il retournât de lui-même à la poussière.

Une bonne année passa encore, dans une indifférence mutuelle de plus en plus prégnante. Seuls les séjours qu'ils firent à Londres, Rome et Glasgow leur apportèrent quelques bouffées d'oxygène. Néanmoins, ils étaient tellement à bout de souffle qu'après une ou deux journées, leur seule hâte n'était plus que de rentrer à Paris. À l'hiver 2005, alors qu'ils ne se voyaient guère plus que pendant le week-end et les vacances, Carolyn lui annonça avoir cessé de prendre la pilule. Elle avait trente-deux ans : l'horloge biologique faisait des siennes. Comme ils ne parlaient plus du tout de s'installer ensemble, il était évident que ce n'était pas spécialement de lui qu'elle voulait un enfant. Mais, toujours aussi inconstante, Carolyn ne se donna pas vraiment les moyens de satisfaire son caprice, ne prêtant pas suffisamment d'attention à ses cycles d'ovulation. Lui, en revanche, y était très attentif.

Au printemps 2006, neuf ans après *Les Perdants*, parut son nouveau roman, *Les Minotaures*. Carolyn ne l'accompagna pas à la soirée de lancement. Au cours de l'été, invité par une association littéraire, il séjourna dans un charmant village de l'arrière-pays biterrois. La soirée fut délicieuse : il lut quelques extraits, conversa avec un public averti, puis passa la nuit avec une de ses lectrices. Fin novembre, après une bonne semaine sans s'être vus ni n'avoir pris de nouvelles l'un de l'autre, Carolyn vint dîner chez lui. Une fois couchés, elle lui proposa de se séparer. À quoi il répondit qu'il fallait effectivement mieux en rester là. Elle en fut blessée : son orgueil eût voulu qu'il se battît. Le lendemain, elle prit ses affaires et rentra chez elle.

Ils se revirent trois ou quatre fois. Rien ne sembla plus déconcertant à Mittelmann que boire un verre avec une femme autrefois follement aimée. Lors de leur ultime rencontre, il se découvrit parfaitement indifférent et la laissa l'étourdir de bavardages sans intérêt ; elle n'était même plus belle.

C'est Marc qui, dans le courant de l'été, lui donna de ses nouvelles. Il l'avait croisée par hasard, enceinte de six mois. Le sort était joueur : les deux femmes qu'il avait aimées avaient eu un enfant moins d'un an après l'avoir quitté.

En repensant à cet épisode de sa vie, il se disait qu'une histoire d'amour est semblable à la vie d'un homme : on ne saurait la juger que sur sa fin – navrante, en l'occurrence, marquée par le mensonge et la dissimulation. Cette histoire, conclut-il, ne fut qu'un malentendu qui lui permit de vivre deux mois d'amour fou, payés par des années de tristesse et d'ennui.

2010

JOHNNY

DANS SA MÉMOIRE, les années scolaires se mélangeaient les unes avec les autres. Au point qu'il ne savait plus si tel élève dont il se souvenait l'avait été à Brunoy ou à Menton. Il savait en revanche – et saurait toujours – que c'est en 2009-2010 qu'il eut affaire à Johnny Lê. C'est le premier mardi suivant la rentrée qu'il entendit parler de lui pour la première fois.

Il se sentait ce jour-là particulièrement fatigué. Chaque rentrée, il lui fallait quelques jours pour se remettre dans le rythme et se réhabituer à la stridulation du réveil de 5 h 45. Aussi, à 10 h 25, avait-il profité des deux heures quarante-cinq qui le séparaient de sa troisième et dernière heure de cours pour rejoindre les rives de l'Yerres où, un peu à l'écart du pont Perronet, il avait découvert un vieux banc en bois dont les lattes assouplies par l'humidité allaient pour de nombreuses années constituer le sommier idéal de ses siestes méridiennes. Il avait réglé la sonnerie de son smartphone avant de s'endormir à l'ombre des aulnes noirs, bercé par le froissis des saules grisâtres qui le protégeaient des éventuels promeneurs. Il fut brutalement tiré de son sommeil par un cauchemar peuplé de silhouettes de contes de fées : des cavaliers et des ogres, des elfes et des enfants pâles. Pour dissiper cette pénible sensation, il engloutit son sandwich et reprit le chemin du lycée. Ce n'est qu'en franchissant les grilles, au moment où la sonnerie de son téléphone retentissait, qu'il se rendit compte être en avance d'une bonne demi-heure.

Rien ne ressemble plus à une salle des professeurs qu'une autre salle des professeurs. Celle de son lycée occupait une aile du bâtiment de l'administration ; elle était située en face de la loge de la concierge, une courageuse et impassible Antillaise, dont le travail consistait essentiellement à se faire insulter par les élèves qui voulaient entrer ou sortir en dehors des heures d'ouverture du portail. De chaque côté de la pièce se trouvaient les postes de travail, à savoir six ordinateurs – cinq en réalité, l'un d'eux étant en panne depuis toujours et n'ayant jamais eu qu'une fonction décorative – que la petite centaine de professeurs devait se partager. Derrière, se situait l'objet de toutes les convoitises : la photocopieuse. Quand elle fonctionnait – il fallait régulièrement arracher des feuilles déchiquetées de ses entrailles ou aller chercher à l'intendance des rames de papier distribuées au compte-goutte –, une longue queue se formait toujours devant. À gauche de la salle étaient alignées trois rangées de meubles à casiers, meubles marronnasses dont on avait pesamment tenté d'égayer les portes en y plaquant des photographies d'enfants et des autocollants aux armes de tel ou tel syndicat. Sur les murs étaient accrochés les tableaux de liège réservés auxdits syndicats, qui y punaisaient leurs revendications sans surprise : *Pour la hausse des salaires et contre les réductions de personnel, Pour la séparation du MEDEF et de l'État, Pour la défense des acquis et contre la marchandisation de l'éducation.* Le panneau de l'administration, sur lequel appendaient les bulletins officiels, n'intéressait personne ; à peine moins que celui de l'amicale, où les faire-part de naissance et les cartes fantaisistes de collègues mutés sous d'autres cieux prenaient la poussière ; celui des petites annonces permettait à chacun de consulter discrètement les publicités pour des assurances complémentaires en cas d'agression ; celui, enfin, de la vie associative locale restait opiniâtrement immaculé. Par accord tacite, l'espace, lui, était toujours occupé de la même façon. Aux tables disposées entre les deux premières rangées de casiers s'installaient les trentenaires de toutes disciplines, des jeunes gens tellement heureux d'être là, ensemble, à se rengorger et à médire de leurs élèves, qu'ils arrivaient au lycée bien avant de commencer leur journée et le quittaient bien après l'avoir terminée ; au salon, coincé entre le dernier meuble à casiers et la machine à café, les anciens étaient affalés sur de vieux fauteuils graisseux balafrés de gros scotch argenté ; enfin, aux tables situées dans le prolongement de la photocopieuse, sous l'enfilade de fenêtres coulissantes qui occupait la longueur de la salle, les autres bavardaient en corrigeant à la diable quelques copies.

Mittelmann remplaçait dans son casier sa sacoche de cours par sa sacoche personnelle, la tête d'autant plus lourde que provenait de la salle un brouhaha inhabituel, quand Michel, prof d'histoire-géo qui, à en croire la rumeur, enseignait au lycée depuis sa construction au début des années 1970, l'interpella :

– Je suppose que tu ne nous feras pas l'honneur de ta présence à la réunion syndicale, Mittelmann ?

Pour celui que l'on disait être le dernier communiste de Brunoy, l'appeler par son nom de famille était une manière plaisante de lui signifier son mépris. Il est vrai que Mittelmann n'était plus syndiqué depuis des lustres et qu'il ne s'intéressait plus du tout à l'institution, se qualifiant volontiers lui-même de « philosophe désengagé ». Mais il vit dans cette réunion la double occasion qui lui permettrait tout à la fois d'éviter d'affronter sa terminale STG et d'attraper le RER de 14 h 11 qui le ramènerait à Paris quinze minutes plus tôt.

– Tu as tort, camarade, j'y assisterai, à cette réunion. La lutte continue.

Après avoir passé une vingtaine de minutes devant le lycée à fumer au soleil, il entra dans la salle sous les regards mi-réprobateurs, mi-moqueurs de ses collègues. La réunion avait déjà commencé. Christophe, jeune professeur d'espagnol, délégué d'il ne savait plus quelle organisation, haranguait ses collègues. Sans doute parlait-il des réformes en cours, si réformes en cours il y avait, à moins qu'il n'évoquât les relations tumultueuses que les équipes pédagogiques entretenaient avec la direction. Elle était loin, l'époque où les proviseurs et leurs adjoints étaient des collègues plus ou moins comme les autres : on leur avait appris à être des « managers ». Gourmés dans leurs costumes Célio aux pantalons trop courts et aux épaulettes trop larges parsemées de pellicules, ils se comportaient d'ailleurs volontiers comme tels, autrement dit en petits chefs dédaigneux. C'était cela, désormais, être professeur : être confronté au mépris de sa hiérarchie, des parents d'élèves et de leurs chères têtes blondes. Il s'étonna que Christophe fût si bon orateur alors que, produit d'une Éducation nationale qui périclitait, il était incapable d'écrire un mail sans erreurs de syntaxe ni fautes d'orthographe. Les collègues hochaient la tête, posaient des questions et lui décernaient – à voix basse – honneurs et louanges.

Sans doute parce que les professeurs étaient des humains entrés à l'école à trois ans pour n'en sortir qu'à soixante, ils ne manifestaient jamais autant d'attention que lorsqu'il était question de l'institution. Comme si le monde s'y réduisait. Comme si rien d'autre n'eût mérité qu'on s'y arrêtât. Comme si les gouvernements avaient encore quelque chose à faire de leurs doléances. Il avait souvent le sentiment d'être le seul à avoir admis que l'éducation n'était plus un enjeu politique, mais une variable budgétaire. Cela faisait si longtemps qu'on leur apprenait la résignation qu'il s'étonnait encore que ses collègues ne sussent pas l'inanité de ces réunions. Ils étaient pourtant de moins en moins nombreux à faire grève. Mais leur métier semblant être la seule activité capable de conférer un sens à leur existence, ils s'accrochaient à son folklore. Sans même parler du fait que la plupart avaient moins de charisme qu'un ficus, nombre de ses collègues le navraient par leur manque d'esprit critique, de curiosité intellectuelle et de désir de transmettre. Il se souvenait s'être définitivement détourné d'eux au début des années 2000, après avoir été pris à partie par une collègue de lettres s'offusquant qu'eût été mis au programme de terminale littéraire le roman d'un *obscur inconnu*, avait-elle glougloutć, *Le Joueur d'échecs* de Stefan Zweig. Le constat était sans appel : les profs étaient des hommes comme les autres, qui, sitôt leurs études terminées, cessaient de se cultiver. Ils ne feraient qu'enseigner ce qu'il leur restait de l'enseignement qu'eux-mêmes avaient reçu. Ceux qui l'exaspéraient le plus étaient les profs de langue, de sciences et de lettres. Les premiers ne s'intéressaient qu'à l'organisation de voyages scolaires dans les pays où ils passaient déjà toutes leurs vacances, les seconds estimaient que rien, en dehors de la loi des grands nombres, de la thermodynamique ou de la génétique, ne valait la peine d'être enseigné, et les derniers, qui ânonnaient à longueur d'années leur Molière et leur Zola, pensaient tout connaître de la littérature contemporaine parce qu'ils lisaient assidûment l'opus annuel d'Amélie Nothomb. Après tout, ils méritaient peut-être ce qui leur arrivait.

Tandis que Christophe vitupérait, il contempla la masse de ses collègues en s'avisant que, malgré les années, il ne connaissait de la plupart ni le nom, ni la discipline enseignée. Il en reconnut toutefois certains qu'il ne supportait pas, comme ce gros plein de soupe de prof de physique qu'il avait chaque matin envie de battre à mort : quoique voisin du lycée, celui-ci monopolisait dès 8 h l'une des deux toilettes réservées aux professeurs afin d'y déposer sa merde. Ou encore cet Alex, collègue de lettres, barbu côtelé de velours et auteur d'un livre à la gloire de son enseignement dans lequel il expliquait à quel point il aimait ses élèves (Mittelmann était persuadé qu'il se paluchait le soir en pensant à l'une ou l'autre) et parvenait, par la seule grâce de ses innovations pédagogiques, à éveiller leur curiosité (surtout chez ceux issus de l'immigration, car, comme de bien entendu, ne jouaient les rares mauvais rôles que ceux affublés d'un prénom « bien français »), alors que son impéritie et les vertus soporifiques de ses cours étaient déjà inscrites dans la légende. D'autres encore, qui lui faisaient de la peine, telle Césarine, la prof d'italien, adorée de ses élèves, dont la vie en dehors du lycée était tellement insignifiante et vaine qu'elle ne ratait jamais un conseil de classe, fût-ce pour un ou deux élèves. Ou ce prof d'économie verruqueux, dans la salle duquel il avait dû un jour intervenir afin d'imposer le silence et confisquer le ballon avec lequel jouaient ses élèves, tandis que lui, imperturbable, la tête baissée sur ses feuilles, continuait de lire son cours d'une voix monocorde sans même réagir à l'intrusion de Mittelmann. Enfin, parmi les rares qu'il appréciait au point de consentir, à l'occasion, à un bref échange, étaient présents Thierry, prof d'histoire au sourire inamovible, intarissable sur la géopolitique contemporaine, Laetitia, prof de lettres classiques d'une grande finesse avec laquelle il conversait parfois, aussi bien de Lucrèce que de Roberto Bolaño, et Anatole, alias Chickenman, ainsi surnommé à cause de cette façon qu'il avait d'écarquiller les yeux en faisant pivoter sa tête par à-coups, tellement passionné par la langue anglaise qu'il aurait su la faire aimer à n'importe qui, immortels de l'Académie compris.

Les minutes s'étiraient paresseusement. La tête toujours plus lourde, il en venait à se dire qu'il aurait mieux fait d'assurer son cours : en dépit du sentiment d'inutilité qui l'aurait submergé, le temps serait malgré tout passé moins lentement. Enfin, après avoir été extrait de sa poche une énième fois, son téléphone indiqua 13 h 56 : il était temps de déserter – en toute discrétion – sans attendre la sonnerie de 14 h. Il avait franchi le portail et s'apprêtait à pousser son soupir de soulagement rituel quand il entendit appeler son prénom. Évelyne, la CPE, arrivait vers lui à grands pas.

– J'ai eu peur de te rater, tu as deux minutes ?

13 h 57 : oui, il avait deux minutes. Mais pas une de plus, car il savait d'expérience que le malin génie régulant la

circulation des trains ferait miraculeusement partir le RER à l'heure si lui, Mittelmann, arrivait à la gare, ne fût-ce qu'avec trente secondes de retard.

– Oui ?

– Tu as bien les S4 demain matin ?

– Si tu le dis, j'imagine que oui.

– C'est pour t'avertir que tu auras un nouvel élève.

– OK. Il vient de quel établissement ?

– D'ici, il était en S2, mais Mélusine, sa prof principale, n'en veut plus, alors on s'est résolu à le changer de classe.

C'était toujours comme ça : sous prétexte qu'il entretenait de bons rapports avec ses élèves, on lui refilait toujours les cas difficiles, les provocateurs, les décrocheurs, les sournois.

– Encore une terreur ?

– Pas du tout, Johnny est adorable !

– C'est quoi le problème, alors ?

– Il est un peu spécial…

Évelyne faisait une drôle de tête.

– Je t'écoute.

– Comment te dire… Tu te souviens de la grossesse de Mélusine, il y a deux ans ?

– Deux ans ? J'ai l'impression que ça fait une éternité qu'elle se plaint à qui veut – ou ne veut pas – l'entendre de son ex-mari qui a foutu le camp le lendemain de l'accouchement…

– Ne sois pas méchant. Quand elle est partie en congé maternité, Johnny – il était alors en classe de seconde – s'est mis à lui envoyer des vidéos par mail.

– Des vidéos ?

– Oui.

– Pornos ?

– Oh non ! Pas du tout.

La conversation l'agaçait, il allait rater son RER.

– Accouche, si j'ose dire.

– Justement. Johnny lui envoyait des vidéos d'accouchements.

– Des vidéos d'accouchements…

– D'animaux, oui. Vaches, brebis, pandas, kangourous… Même des éléphants. Enfin, éléphantes.

Il éclata de rire en imaginant la tête de sa collègue de maths découvrant ses mails. Évelyne riait aussi.

– Tu déconnes ?

– Je te jure. On a fini par le convoquer avec ses parents.

– Qu'est-ce qu'ils font, dans la vie ?

– Ils tiennent une épicerie asiatique dans le centre de Yerres.

– Et comment ils ont réagi ?

– Ils n'ont pas réagi, c'était surréaliste. Ils sont entrés dans le bureau du proviseur sans dire bonjour. Johnny et sa mère sont restés debout, la tête baissée. Le père s'est assis, les mains posées bien à plat sur ses genoux et les yeux plantés dans ceux du pro, imperturbable. Quand on a eu fini d'exposer la situation, il a prononcé un vague *pardon*, s'est levé, a ajouté *ça ne se reproduira plus*, et a quitté le bureau, suivi de sa femme et de son fils.

– Bordel. Et le gamin ne s'est pas justifié ?

– Ni lui ni sa mère n'ont prononcé le moindre mot.

– Et au niveau scolaire, ça donne quoi ?

– C'est de cela que je voulais te parler. En seconde, Johnny avait d'excellents résultats, mais depuis novembre dernier, enfin à la Toussaint, il n'a plus rendu le moindre devoir. Je te sais exigeant, mais il faudra faire une exception : il est fragile…

– Il est passé de première en terminale comme ça, sans presque aucune note ?

– Tu sais comment ça marche : le conseil de classe a proposé le redoublement, mais les parents ont refusé.

– Il s'est présenté aux épreuves anticipées de français ?

– Oui, et il a eu de très bonnes notes. En fait – mais tu le gardes pour toi –, il a fait une tentative de suicide, l'an passé, à Noël. Six boîtes de Doliprane… Pourquoi tu ris ?

– Je ne sais pas, c'est étrange... On peut se suicider au Doliprane ?

– Je l'ignorais aussi, mais oui, une surdose peut entraîner la mort. Bref, il est suivi par un psychiatre et devrait intégrer un lycée thérapeutique en cours d'année.

– Bon, je ferai attention.

– Merci. Et désolée de t'avoir retardé !

– Avec un peu de chance, j'attraperai le RER de 14 h 26... Ciao.

Le lendemain, 10 h 40, Mittelmann débuta son cours sans se rendre compte de l'absence de Johnny, dont le nom ne figurait pas encore sur la liste d'appel. Il en était à expliquer que la conscience, quoique faisant la supériorité de l'homme sur les autres animaux, lui interdisait l'accès au bonheur, quand ses élèves lui signalèrent que ça grattait à la porte. Qui s'entrouvrit sur le visage de Johnny, un large sourire dans l'embrasure.

– Bonjour monsieur, je suis un nouvel élève, voici le mot de la CPE.

– Oui, je suis au courant. Johnny, c'est ça ? Prenez place.

Le gringalet ne bougea pas.

– Asseyez-vous, que je puisse reprendre. Allez...

– Je voudrais m'asseoir au premier rang, monsieur.

– Vous voyez bien que les places sont prises. Regardez, là, sur la droite, au deuxième rang, il y a une place libre...

Johnny ne bougea toujours pas ; la classe elle-même ne savait pas comment réagir.

– Allez vous asseoir, vous dis-je. Qu'y a-t-il, Loane ?

– Je peux lui donner ma place, c'est pas grave.

– Vous êtes sûre ?

– Oui, oui, ça va, pas de soucis.

Une fois installé, Johnny retrouva le sourire, puis, tel un écolier bien sage, sortit ses affaires, un grand cahier, des stylos et des crayons de couleur. Mittelmann reprit le fil de son discours quand il s'aperçut que, au lieu d'écrire, Johnny gribouillait.

– Dites-moi, ne pensez-vous pas que la moindre des choses serait de noter le cours ?

Tête baissée, Johnny murmura qu'il préférait écouter. Le loustic était si déconcertant que Mittelmann laissa tomber, lui demandant seulement de venir le trouver à la fin de l'heure. Une fois ses camarades sortis, Johnny s'excusa et, la mine contrite, lui expliqua qu'en raison de son traitement médicamenteux, il était incapable d'écouter et d'écrire en même temps. Tenant compte de ce qu'il savait de son état de santé, Mittelmann lui proposa de lui envoyer les cours par mail, à condition toutefois qu'il s'engageât à les travailler.

De toute l'année, Johnny n'écrivit pas une ligne, ne rendit aucun devoir ni n'intervint une seule fois. Il bénéficiait de tels privilèges (recevoir les cours, échapper aux zéros et aux heures de colle pour devoirs non rendus) que Mittelmann avait craint que ses camarades ne le prissent en grippe. Ce ne fut pas le cas. Il ne parlait à personne et personne ne lui parlait. Il était comme invisible.

Sa casquette de cuir brun vissée sur la tête, Johnny passait les récréations à l'extérieur du lycée, seul, le nez en l'air, souriant à Dieu sait quoi. Quand il croisait Mittelmann, il le saluait d'un signe de la main et du même sourire jovial qu'il avait eu le premier jour en passant la tête par la porte de la classe.

Sauf le matin. Lorsque son père ou sa mère, c'était selon, le déposaient au lycée, Johnny s'extirpait de leur petite Fiat sans échanger le moindre mot, non plus que le moindre regard, et se dirigeait vers le portail avant de disparaître dans la cour. Mittelmann éprouvait une certaine affection pour lui, que Johnny lui rendait bien – il appréciait tellement ses cours, lui avait confié Évelyne, qu'il avait convaincu son psychiatre et ses parents de le laisser finir l'année à Brunoy. Néanmoins, ils n'échangeaient guère.

Courant février, Johnny prit l'habitude, lors des récréations, de rejoindre Mittelmann en face du lycée. Mais les tentatives du professeur d'engager la conversation restaient infructueuses, si bien qu'ils demeuraient tous deux silencieux, lui fumant nonchalamment, Johnny perdu dans ses pensées. Les choses évoluèrent un peu début mars, après que Mittelmann eut fait une remarque anodine au sujet de la floraison des arbres qui émaillaient le parvis du lycée. Johnny l'avait aussitôt corrigé : il ne s'agissait pas de cerisiers mais de myrobolans. Ajoutant dans la foulée que son erreur était compréhensible : comme les cerisiers et nombre d'arbres fruitiers, les myrobolans appartenaient à la famille des prunus. Par ailleurs, outre leurs feuilles lancéolées pourpres, ils avaient la particularité de fleurir à la fin de l'hiver.

Les semaines et les mois qui suivirent, Johnny apprit ainsi à Mittelmann à identifier les différentes espèces d'arbres qui dépassaient des propriétés voisines – érables sycomores et érables argentés, noyers, peupliers baumiers et peupliers noirs, cyprès, saules pleureurs et saules blancs…

Johnny devenait alors intarissable : tenant les arbres pour ses amis les plus fidèles, il disait vouloir être botaniste. Il lui en enseignait les noms latins et vernaculaires, les caractéristiques et les particularités, autant d'informations que, pour l'essentiel, Mittelmann ne retenait pas, bien qu'il l'écoutât toujours attentivement. Johnny lui apprit également qu'au cours des millénaires, les arbres avaient développé des trésors d'imagination afin d'assurer leur survie. Certains repoussaient leurs prédateurs en produisant des tanins qui rendaient leurs feuilles incomestibles, d'autres généraient des hormones qui les stérilisaient. À l'inverse, ils retournaient la prédation à leur avantage : quand ils étaient prêts pour la reproduction, leurs fleurs et leurs fruits, jusque-là verts, inodores et indigestes, se coloraient de manière exubérante, libéraient de délicieux effluves afin d'attirer les insectes et les oiseaux, qui éparpilleraient ensuite pollens, pépins et noyaux dans un large périmètre. Johnny se désolait que l'on ignorât la dignité morale des arbres, supérieure selon lui à celle des hommes. Dans les forêts, arguait-il, l'entraide était de mise : grâce à un immense réseau racinaire, les arbres les plus forts, qui accédaient aisément à la photosynthèse, aidaient les plus faibles à se nourrir en leur transmettant des glucides. Car les arbres avaient compris cette donnée élémentaire : plus ils étaient solidaires, plus leur canopée les protégeait des tempêtes et des canicules. Ils poussaient d'ailleurs cette solidarité jusqu'à s'allier aux champignons. Le contrat était simple : étant autorisés à greffer leurs hyphes à leurs racines, ceux-ci les aidaient à pomper l'eau des sols, en échange de quoi ils recevaient le sucre nécessaire à leur propre survie. Entre autres anecdotes, Mittelmann avait été frappé par celle de cet arbre de la forêt amazonienne, surnommé l'arbre suicide. Il ne fleurissait qu'une fois au cours de sa vie, souvent seulement après avoir atteint ses cent ans, et attendait ensuite que ses graines aient germé pour cesser de s'alimenter. Il finissait alors par s'affaisser, créant dans la canopée une lacune indispensable au développement de ses semis, tandis que la décomposition de son tronc et de sa souche fournissait les nutriments nécessaires à leur croissance. Johnny lui indiqua aussi que les arbres étaient les plus grands êtres vivants sur Terre, certains séquoias de Californie pouvant dépasser les cent mètres de hauteur, atteindre trente mètres de circonférence et peser plus de deux mille tonnes.

Il lui rapporta également de nombreuses légendes au sujet de forêts enchantées, tantôt fortement romancées, comme celle de Brocéliande où les chevaliers de la Table ronde s'aventuraient parfois, tantôt parfaitement documentées, comme celle d'Aokigahara Jukai, au pied du mont Fuji, où des centaines de Japonais venaient chaque année mettre fin à leurs jours, faisant de ce lieu hanté l'endroit au monde où l'on se donnait le plus la mort.

Avec une authentique humilité, Johnny le reprenait sur certains propos tenus dans ses cours : contrairement à ce qu'il avait prétendu, les plantes, elles aussi, étaient capables de communiquer. Elles le faisaient par exemple en émettant de l'éthylène, afin de prévenir leurs congénères de la présence de tel ou tel prédateur. Il avait également eu tort d'affirmer que tout ce qui vivait vieillissait et mourait : un arbre ne vieillissait pas, insistait-il, il croissait indéfiniment. On pouvait l'étêter, lui couper les membres et même le tronc, il continuerait obstinément à pousser. Les arbres, s'enthousiasmait-il, étaient potentiellement immortels. Ne possédant pas d'organes vitaux et n'étant pas soumis au renouvellement cellulaire, leur mort ne pouvait être qu'accidentelle. Ce qui finissait immanquablement par arriver car, plus ils grossissaient, plus ils étaient sensibles aux attaques parasitaires. Ce qui n'empêchait pas certains séquoias géants de vivre plus de deux mille ans.

À l'entendre, on se montrait beaucoup trop injuste envers les arbres. Les gens, assénait-il, feraient mieux de s'émouvoir des risques d'extinction des ormes, des pruches ou des frênes que de celle des ours bruns, des gorilles ou des loups. Reprenant certains concepts appris en cours, il affirmait que les arbres étaient des « autres totalement autres », qui souffraient de la mise en échec de tout processus anthropomorphique. Ils en étaient ainsi réduits à leur « autreté ».

Début juin, à la fin du tout dernier cours, Johnny attendit d'être seul pour extraire de son sac deux cadeaux – l'un énorme, l'autre minuscule – qu'il déposa avec un grand sourire sur le bureau de Mittelmann.

– Ce sont là de modestes présents pour vous exprimer toute ma gratitude. Vos cours m'ont fait beaucoup réfléchir.

Mittelmann ouvrit les paquets. Le plus volumineux contenait une encyclopédie des arbres, le plus petit un guide de poche.

– Comme ça, vous pourrez continuer à vous informer.

Au cours de l'été, Mittelmann travailla sans relâche à un nouveau manuscrit, *Le Roman de Romero*.

Il pensait régulièrement à Johnny, lors de ses promenades de début d'après-midi, lorsqu'il passait devant tel ou tel arbre qu'il savait dorénavant identifier au premier coup d'œil. Il se demandait si Johnny s'était présenté au bac, l'avait réussi, et subsidiairement, s'il parviendrait à se dépêtrer de ses problèmes.

Puis septembre, hélas, succéda de nouveau à août. Rebelote : se lever à 5 h 45, attraper le RER. Johnny lui était complètement sorti de la tête quand, à la mi-septembre, Évelyne l'interpella dans un couloir. Le père de Johnny, passé au lycée pour récupérer le dossier scolaire de son fils, lui avait appris qu'il redoublait dans un établissement thérapeutique (il ne s'était présenté qu'à l'épreuve de philosophie). Mittelmann en fut attristé.

Début novembre, il reçut le mail suivant :

De : johnnyjohnnymann@hotmail.fr

À : tmittelmann1960@gmail.com

Date : mar. 02 novembre 2010 18:43

Objet : Des nouvelles de la maison des fous

Bonjour Monsieur Mittelmann,

Comment allez-vous ? Je me permets de vous écrire afin de vous remercier encore pour vos incroyables cours. Je regrette de ne pas pouvoir les suivre à nouveau cette année.

Sachez toutefois, et j'espère que vous serez fier de moi, que je me suis présenté à l'épreuve de philosophie et que, grâce à vous, j'ai obtenu la note de 19/20.

Je vous écris d'une maison de fous quelque part dans Paris. Je souffre de dépression. Le sentiment d'insécurité, la solitude, la peur, le vide et la douleur sont mes fidèles compagnons depuis quelques années. C'est très oppressant, je me réveille plusieurs fois la nuit et j'ai bien du mal à me rendormir.

Malgré tout, je pense à prendre soin des autres. La gratitude en est la plus belle récompense. Mais je ne vous garantis pas de tenir longtemps encore. Des idées suicidaires me hantent, telles des ombres qui n'en finissent pas de s'étendre.

J'espère que vous continuez à étudier mes amis les arbres.

Votre humble élève, Johnny.

Pauvre gamin. Mittelmann répondit quelques banalités et proposa à Johnny de se retrouver autour d'un café. Pas de réponse.

Mais quelques semaines plus tard, nouveau mail :

De : johnnyjohnnymann@hotmail.fr

À : tmittelmann1960@gmail.com

Date : merc. 24 novembre 2010 14:47

Objet : La maison des fous

Bonjour Monsieur Mittelmann,

J'espère que vous allez bien ! Vous allez être fier de moi, j'ai eu 19/20 à l'épreuve de philosophie du bac ! Merci beaucoup ! C'est grâce à vous ! Ce que je regrette de ne pas vous avoir pour professeur cette année !

Je suis actuellement dans une maison de fous, quelque part dans le 13e arrondissement, rue des Grands-Moulins. Les cours y sont ennuyeux.

Votre humble élève, Johnny.

Johnny avait manifestement oublié son précédent message. Cette ponctuation à coups de points d'exclamation signifiait-elle néanmoins qu'il recouvrait son enthousiasme ? Ou n'était-elle pas plutôt le signe de bouffées délirantes ? Dans l'incertitude, il lui envoya lui aussi un mail à peu près analogue à celui qu'il lui avait déjà envoyé.

Pensant de plus en plus souvent à Johnny, Mittelmann finit, le 30 décembre, par se rendre sur un coup de tête rue des Grands-Moulins ; la clinique médico-universitaire se situait en face de l'INALCO. Après avoir franchi une porte sécurisée, il se présenta à l'accueil, où une énorme bonne femme aux yeux de mérou cirrhotique bullait dans son bocal.

– Excusez-moi, j'aimerais savoir si Johnny Lê séjourne ici et, si c'est le cas, s'il me serait possible de le voir ?

– Johnny Lê ?

– Johnny Lê.

– Z'êtes pas de la famille ?

– Je crois que ça ne fait aucun doute, en effet.

Le mérou le dévisagea sans comprendre l'ironie.

– 'tendez.

Elle attrapa son téléphone.

– Un médecin va venir, 'seyez-vous là-bas.

Il doutait qu'on l'autorisât à le voir, mais au moins aurait-il de ses nouvelles. Une jeune femme blonde en blouse blanche finit par débouler du couloir.

– Docteur Tournier, bonjour.

– Bonjour docteur, désolé de vous déranger, j'aurais aimé voir Johnny Lê.

– Qui êtes-vous pour lui, monsieur ?

– J'étais son professeur de philosophie. Cela fait plusieurs fois qu'il me contacte par mail, mais comme il ne me répond pas…

– Ah, le fameux professeur, enchanté. Monsieur…

– Mittelmann.

– C'est cela. Il nous a souvent parlé de vous, il vous aimait beaucoup.

– Aimait ?

– Écoutez, je suis désolée, je n'ai pas vraiment le temps de vous recevoir, mais… Johnny est décédé.

– …

– Il s'est suicidé avant-hier. Il passait les fêtes chez ses parents.

– Bordel.

– Je ne devrais pas vous le dire, mais Johnny était schizophrène. On l'a pris en charge au début de l'été. À la rentrée, son état a empiré : il avait de plus en plus d'hallucinations, notamment auditives. Il entendait des voix d'ogres, de petites filles. Ses pensées étaient désorganisées, confuses, il s'était recroquevillé dans une sorte d'état catatonique. Comme ces derniers temps il paraissait en meilleure forme, nous avons laissé ses parents le récupérer pour les fêtes. Et puis, dans la nuit de lundi à mardi, il s'est enfui pour aller en forêt de Sénart, où un jogger l'a trouvé pendu à un aulne.

– Il a laissé un mot, une lettre ?, réussit-il à balbutier.

– Pas à ma connaissance, et cela m'étonnerait. Je suis désolée… Le certificat de décès va être rapidement établi, voulez-vous que je vous tienne au courant pour les funérailles ?

– Non, non. C'est gentil, mais non.

– Vous ne devez pas vous sentir responsable. Personne ne l'est, pas même nous qui étions chargés de veiller sur lui.

– Bien sûr, bien sûr… Merci docteur.

Mittelmann pensa longtemps à Johnny. Il entrevoyait furtivement son sourire quand, dans ses cours, il reprenait ce que le jeune homme lui avait appris, que les arbres communiquent, s'entraident, ne vieillissent pas. Avec le temps, Mittelmann en était venu à envisager que cette passion pour les arbres venait sans doute du fait que Johnny s'identifiait à eux : résignés, silencieux, sans surprise, on ne leur accordait pas plus d'attention qu'on ne lui en avait accordée. Il s'appliqua donc à ne plus les considérer comme des éléments du décor. C'était le meilleur hommage qu'il pouvait lui rendre.

2014

CHEZ VAGENENDE

– WESH, GROS, déjà en train de picoler ?

– Ah, te voilà. Je prenais un verre en t'attendant. Ça va ?

– Et toi ?

– Ça va. Assieds-toi…

– Bordel, Marc, c'est quoi ce tee-shirt ?

– Il est beau, hein ?

– Pour un tee-shirt à l'effigie de Jospin, ringard me semblerait plus approprié. Bref, qu'est-ce qui me vaut ce rendez-vous ? Géraldine n'est pas là ?

– À un congrès de cardio, à Montpellier ou je ne sais où, enfin dans le Sud. Je voulais te parler d'un truc et je me suis dit que nous serions mieux ici, en terrasse, qu'enfermés à la maison. Et puis tu connais mes talents de cuisinier…

– Comment oublier tes fameuses « panna cotta » en forme de méduses passées au mixeur ?

– Tu aurais dû te faire critique d'art…

– Bonsoir monsieur, voici la carte. Désirez-vous un apéritif ?

– Je vais prendre la même chose que mon ami.

– Apportez-nous la bouteille, va, c'est le petit Jésus en culotte de velours, ce Languedoc.

– Bon, qu'est-ce que tu avais à me dire ?

– Plus tard, plus tard…

– C'est toi le patron.

– Précisément.

– Vous avez fait votre choix, messieurs ?

– Pas encore.

– Alors, cette rentrée ?

– Semblable aux vingt-sept précédentes. Je n'ai rencontré que mes élèves de terminale littéraire. Ils ont l'air gentil, c'est l'essentiel. Je ne ferai connaissance des autres que la semaine prochaine. D'ailleurs, si j'avais eu cours demain, je ne serais pas là ce soir.

– Ces petits profs précautionneux…

– Qu'est-ce que tu m'agaces, je te jure. Tu ne ferais pas autrement si tu devais te lever à 5 h 45, prendre le RER et parler toute la journée à des mômes qui n'en ont rien à foutre. Tu te lèves à quelle heure, pacha ? 10-11 h ?

– Aux alentours de 10 h, oui. C'est bien 10 h, tu ne trouves pas ?

– Je me lèverais à cette heure-là, oui, si comme toi je ne travaillais pas. Vivement la retraite, bordel.

– Mais je travaille !

– Lire des manuscrits et écrire, je n'appelle pas cela travailler.

– Si tu savais ce que je lis…

– Arrête, quand c'est mauvais, tu te contentes de quelques pages, non ?

– Quelques lignes, parfois !

– C'est bien ce que je disais.

– Sérieux, la plupart du temps, je lis les manuscrits jusqu'au bout, je t'assure. Ou quasi. Tu ne te rends pas compte, prof, la maison a bonne réputation : je reçois pas loin de trois mille manuscrits par an et n'en publie qu'une douzaine ! C'est à croire que tout le monde écrit.

– S'il y avait autant de lecteurs que d'écrivains, ça serait chouette.

– Tu l'as dit, bouffi.

– Bon, alors tu essayais de me faire croire que tu travaillais…

– Ha ha ! C'est vrai que si les manuscrits sont vraiment mal écrits ou que, pour une raison ou une autre, ils n'ont pas leur place dans le catalogue, il peut m'arriver de ne pas dépasser l'incipit. Mais il y a tous les autres ! Et parmi ceux que je décide de publier, beaucoup ne sont pas parfaitement aboutis – à part un ou deux par an, guère plus.

– Dont les miens.

– Le dernier, peut-être… J'ai publié combien de tes livres, d'ailleurs ?

– Tous, tu les as tous publiés, les sept. Le premier, c'était en 91.

– Nom d'une pipe en bois… Bref, là où j'ai du boulot, c'est avec les manuscrits que j'accepte à condition que l'auteur soit d'accord pour les reprendre… Et si j'écris à peine plus que toi, c'est parce que ça prend un temps fou de faire ça. Lorsqu'ils sont réceptifs, c'est intéressant parce qu'on travaille en bonne intelligence, on rend le texte vraiment publiable, mais ils ne le sont pas toujours, réceptifs, tant s'en faut ! Si tu savais le nombre de primo-romanciers, ou pas du tout primo d'ailleurs, qui se prennent pour Proust ou Flaubert, qui défendent bec et ongles leurs métaphores nullardes et leurs vraies-fausses erreurs de syntaxe… Éditeur, c'est un vrai métier, et je ne compte pas mes heures. Je ne suis pas fonctionnaire, moi !

– Mon pauvre…

– Bois un coup, je te ressers.

– Santé, pacha.

– Santé, prof. Je ne sais pas si je te l'ai dit, mais je conserve certaines lettres d'accompagnement. Je publierai peut-être les plus amusantes, un jour… Sous des faux noms, naturellement. Rien qu'aujourd'hui, j'en ai reçu deux qui valent leur pesant de cacahuètes : la première, c'est une mamie qui m'explique que son livre est le récit de ses quatorze années de vie commune avec… avec… je te le donne en mille : son teckel. Prince, Fakir ou je ne sais quoi…

– Ha ha ! Et le texte ?

– Direct au fond de la corbeille. Et une belle lettre de refus standard : « Merci de l'attention que vous portez à notre maison, malheureusement votre manuscrit ne correspond pas à notre ligne éditoriale. »

– Ce n'est pas méchant, mais ça va l'achever.

– Je ne suis jamais méchant, jamais ! Je serais même plutôt charitable, figure-toi. Tu vois, lorsque j'ai en main un manuscrit bien fade, bien niais, bien-pensant, et même si de surcroît il est atrocement mal écrit, je pense toujours à ce qu'il a fallu à son auteur d'angoisses, de remises en question, d'insomnies, des semaines et des mois durant, pour en arriver là. C'est pour cette seule et unique raison que je prends souvent le temps d'écrire une lettre de refus personnalisée. Ça aussi, c'est du travail, vieux. Alors, là, c'est vrai, je ne l'ai pas fait, mais ça ne va pas l'achever pour autant, cette brave dame. Parce que, sans verser dans la victimologie, je crois qu'il y a plus pénible dans la vie qu'écrire des romans : par exemple, se lever à 5 h 45, prendre le RER, faire cours quelques heures par semaine et être en vacances la moitié de l'année…

– Quel enfoiré… J'aimerais t'y voir, petite nature, tu ne tiendrais pas. Et l'autre lettre, alors ?

– Attends, on va commander, le serveur nous tourne autour.

– Il est bon, le tartare ?

– Ah oui, très. Mais on va d'abord se prendre une entrée, on n'est pas des sauvages.

– Tu n'es pas au régime, toi ?

– Si, j'ai maigri d'ailleurs, tu ne trouves pas ? Je suis enfin descendu sous la barre des cent dix kilos. L'objectif est d'atteindre les cent, voire un peu moins. Je fais gaffe : salade au déjeuner et, au dîner, les légumes que Géraldine prépare. Des légumes tous plus insipides les uns que les autres, qu'elle fait cuire à la vapeur ! Alors ce soir, c'est plaisir. Il est pas mal, hein, ce Languedoc ?

– Mieux que pas mal.

– Non mais sérieux… Ça ne se voit pas que j'ai maigri ?

– Peut-être au niveau du visage, oui… Un peu moins boulu.

– Connard. Regarde la carte, plutôt… Marre-toi… Bon, c'est fête. Et c'est moi qui régale, prof, tu peux te lâcher.

– Dans ce cas.

– Je vous écoute, messieurs.

– Un cervelas rémoulade.

– Des escargots, pour moi. La douzaine.

– Ensuite ?

– Un tartare.

– Saignant ? demanda avec lourdeur le serveur qui se croyait drôle.

– Voilà…

– Et pour monsieur ?

– Je vais prendre un truc léger. Tiens, une souris d'agneau, c'est léger, ça, hein ?

– Non mais je rêve.

– C'est servi avec…

– Ses fagots de haricots verts.

– Ah non, pitié… Vous n'avez rien de plus consistant ?

– Je peux vous proposer des endives meunières, un tian de légumes à la provençale, du gratin dauphinois…

– Voilà, c'est bien ça, le gratin dauphinois, c'est léger. Et la jumelle de celle-ci.

– Une autre Saint-Chinian. De suite.

– Et cette deuxième lettre, donc ?

– Ah oui… J'en ai lu des culottées, mais celle-là, elle bat des records. J'aurais dû te l'apporter. Figure-toi que le gars m'y explique me faire l'honneur de me confier son roman pour publication, roman qui ne manquera pas d'éveiller l'intérêt des jurés des plus grands prix littéraires, qui marquera le siècle, autant pour son originalité formelle qui, excuse-moi du peu, le place entre *Tristram Shandy* et *L'Arc-en-ciel de la gravité*, que pour son style, à mi-chemin entre Hugo et Beckett...

– Excellent ! Entre Hugo et Beckett, il y a de l'espace. Cela dit, il est peut-être conscient de son talent, le gars, non ?

– Tu parles. J'ai reniflé le truc, un pavé de huit cents pages, comme si je n'avais que ça à foutre. Non seulement je n'ai rien compris – ça parle de théorie de la relativité, de physique quantique et d'autres trucs du genre, il y a même des pages entières de formules mathématiques –, mais c'est d'un ampoulé ! Et les phrases, longues, longues ! Et bancales ! Pleines d'adjectifs saugrenus ! Une véritable horreur postmoderne. Corbeille illico.

– Il a eu droit à une lettre de refus standard ?

– Même pas. Je lui aurais volontiers envoyé un bon vieux refus bien cinglant, à la Jean Paulhan tu vois, histoire de l'aider à retrouver sa vraie place... Tu ne connais pas ? La formule est célèbre, un truc comme... Attends que ça me revienne... Voilà : « Monsieur, page tant, une phrase est géniale. Le reste est à revoir. » Hé, hé, ça me fait toujours rire. Mais bon, je me contenterai de garder le silence. Après tout, un éditeur n'est pas un service public, rien ne m'oblige à répondre à des gus dans son genre.

– Je te trouve dur. Le gars est prétentieux, OK, mais il faut de l'ambition pour écrire. Quand j'étais jeune, et qu'au lieu de me lancer dans une thèse de doctorat j'ai décidé de devenir écrivain, j'étais persuadé que j'obtiendrai le Goncourt avec mon premier roman. Tu te souviens ? J'avais même l'arrogance de penser que trente ans plus tard, je dînerai dans des brasseries de Saint-Germain-des-Prés avec un héritier Gallimard pour discuter de mon statut de nobélisable. Résultat des courses : je dîne bien dans une brasserie de Saint-Germain-des-Prés, mais avec toi… Quant à mes livres, ils se vendent entre mille et deux mille exemplaires, je n'ai jamais eu et n'aurai jamais le Goncourt. Quant aux jurés du Nobel, ils ne connaîtront jamais mon nom. Je crois que si j'avais su ça, je n'aurais jamais écrit.

– Ha ha ! Je vaux bien un Gallimard, va, et pour le reste tout n'est pas perdu, vieux, tout n'est pas perdu.

– Ce n'est pas perdu, non : c'est foutu.

– Et tu continues pourtant d'écrire…

– At-ten-tion messieurs. Le cervelas… et les escargots pour monsieur. Je vous souhaite un bon appétit.

– Merci. On peut avoir du pain ?

– De suite, monsieur Marc.

– Ne me dis pas que tu vas saucer ?

– Je vais me gêner ! Et je t'emmerde. Allez, bon app'. Au fait, tu as pris du poids, toi, non ?

– Un peu, oui. Pourtant, je ne mange pas énormément. C'est l'âge.

– L'alcool, tu veux dire.

– Je bois moins que toi.

– Mais tous les jours…

– Bah, un verre ou deux.

– Un verre ou deux ?

– Oui enfin, deux ou trois.

– Deux ou trois ?

– Deux ou trois, oui… Quatre parfois, mais c'est rare.

– Donc c'est officiel : tu es alcoolique.

– Oh l'autre, la poêle qui se fout du chaudron !

– À la tienne.

– Pour en revenir à ce que nous disions… Oui, c'est vrai, je continue d'écrire. Mais tu sais pourquoi ?

– Parce que tu crois toujours au succès ?

– Évidemment que non. J'écris parce que je m'ennuie. Certains regardent la télévision, moi j'écris.

– Ne dis jamais ça à un journaliste, s'il te plaît.

– Je te jure. Ils me font marrer, tous ces tartuffes qui prétendent avoir besoin d'écrire. Un besoin viscéral, à les entendre, aussi nécessaire que celui de respirer… Des blagues. Moi, je souffre quand j'écris, je dois faire taire mes inhibitions, me surpasser pour taper quelques heures sur mon clavier avant de m'arrêter, épuisé, démoralisé. Alors bien sûr, tu pourrais m'objecter : eh bien, n'écris pas. Et je te répondrais que j'aimerais bien, mais que je ne sais pas quoi faire d'autre. À ma connaissance, seul Valéry a répondu intelligemment à la question « Pourquoi écrivez-vous ? ». C'est Breton, je crois, qui la lui avait posée.

– Et il avait répondu ?

– « Par faiblesse. »

– « *Words, words, words* », comme disait l'autre. Tu écris parce que tu aimes ça. Pareil avec l'enseignement : tu t'en plains sans cesse, mais tu aimes ça.

– J'ai aimé ça autrefois, oui, mais plus maintenant. J'en suis venu à afficher sur mon frigo le décompte des semaines jusqu'au bac… Écrire, en revanche, je n'ai jamais vraiment aimé ça, non. Et quand le livre est fini, je n'éprouve ni orgueil, ni satisfaction, rien que le soulagement d'en avoir fini.

– Arrête ton char, Ben-Hur. Tu écris parce que tu es écrivain.

– Un écrivain n'écrit pas forcément. Et quelqu'un qui écrit n'est pas forcément écrivain.

– Ce que tu baragouines n'a aucun sens.

– Si, si. Toi et moi connaissons un tas de marioles qui publient des livres, de surcroît avec un certain succès, sans être des écrivains pour autant. Regarde Geoffrey. Bordel, le mec s'appelle Geoffrey, en plus… Eh bien, Geoffrey et consorts n'en ont rien à foutre de la littérature, ils écrivent pour la gloriole, les chips Lidl et la piquette en cubi qui vont avec.

– Que tu le veuilles ou non, Geoffrey écrit et publie, ça fait de lui un écrivain. Des livres ni faits ni à faire, je te l'accorde, mais des livres quand même. La postérité jugera.

– Ha ha ! Nous n'aurons pas plus de postérité que Geoffrey, ne rêve pas.

– Parle pour toi, prof. Moi, j'écris pour la postérité !

– Lol.

– Je ne peux m'empêcher de penser que, bien après ma mort, quand le recul sera suffisant et séparera de lui-même le bon grain de l'ivraie, des historiens de la littérature tomberont sur mes livres et se diront qu'il y avait de rudement bons écrivains au tournant du XXᵉ et du XXIᵉ siècles.

– Tu te fais des illusions, pacha.

– Peut-être, peut-être…

– Bref, tout ça pour dire que je suis convaincu qu'être écrivain, c'est plutôt un tropisme. C'est difficile à expliquer, mais… Tu as lu, je suppose, *Le Métier de vivre* de Pavese ?

– Magnifique, évidemment. Tiens, passe-moi une tranche de pain… La dernière ligne, écrite une semaine avant son suicide, je crois que c'est : « Tout cela me dégoûte. Pas de paroles. Un geste. Je n'écrirai plus. » Tu as vu où ça l'a mené, de renoncer à l'écriture… C'est à ça que tu fais allusion ?

– Non, non. Je n'ai pas ta mémoire, mais je crois me souvenir qu'il y explique que le métier d'écrivain est le seul métier à plein temps, qu'un écrivain est écrivain vingt-quatre heures sur vingt-quatre, parce qu'être écrivain, c'est voir le monde à travers le prisme des mots, jusque dans les rêves. C'est comme être peintre, ce n'est pas seulement tenir un pinceau à la main, j'imagine, mais voir le monde au travers de la lumière, de la couleur.

– Entièrement, définitivement d'accord avec ça.

– Ces messieurs ont terminé ?

– Hum, je vais saucer un peu…

– Bordel, Marc, arrête.

– Ta gueule.

– Je vous ressers un peu de vin ?

– Mais faites donc, l'ami, faites donc ! Bon, qu'est-ce que je disais ?

– Que tu étais d'accord avec moi.

– Ha ha ! Je ne suis pas assez gâteux pour ça. Je disais que je partageais non pas ton idée, mais celle de Pavese. Qu'on est écrivain quand on ne parvient plus à regarder le monde qu'en le tamisant de mots. On vit, on aime, on pense, on mange mots, phrases, syntaxes, métaphores, récits, ça oui. Le monde ne vient à nous que parce qu'il est écrit ou qu'on pourrait l'écrire, ça oui aussi.

– Nous sommes donc d'accord, santé !

– Pas tout à fait, non. Parce que ton idée selon laquelle il ne serait pas nécessaire d'écrire pour être écrivain est sans doute très romantique, mais fallacieuse. Être écrivain, c'est écrire des livres, point barre. Le passage à l'acte induit quelque chose de radicalement autre que le seul fait de vivre.

– Par exemple, un écrivain qui cesse d'écrire n'est donc plus un écrivain, c'est absurde.

– Je vous débarrasse ?

– Oui, merci. Un écrivain qui cesse d'écrire reste un écrivain, bien sûr. Même si Philip Roth a annoncé en avoir fini avec la littérature, il n'en demeure pas moins un écrivain. Et soit dit en passant, il est nobélisable, lui…

– Soit. Mais je continue à penser qu'écrire ou pas, cela reste accessoire. Ce qui compte, c'est ce sentiment d'étrangeté par rapport aux êtres et aux choses, qui nous donne l'impression d'être là sans y être, d'être à la fois acteur et spectateur, seul au milieu des autres… Je dirai même que telle est la condition de l'artiste en général, cette sorte d'arythmie, de décalage avec le quotidien. Qu'il soit génial ou raté, qu'il crée ou non, l'artiste est un être contemplatif, inadapté à la vie, qui ne s'est jamais départi d'une sorte d'immaturité l'empêchant de prendre au sérieux le sérieux de l'existence, comme un vieux gamin qui s'étonne de tout, qui en sourit ou en pleure. Je crois qu'on peut reconnaître un artiste à sa faculté de garder le silence dans le brouhaha.

– Tu es un indécrottable romantique. Artiste, ça ne veut rien dire, c'est un mot fourre-tout... La vie d'artiste, ça n'existe que dans les chansons. Un écrivain écrit, un peintre peint, un sculpteur sculpte, un crétin crétine, et basta.

– Attention, messieurs, un tartare pour vous, attention c'est chaud ! Et la souris avec son dauphinois. Bonne continuation, messieurs.

– Remettez-nous donc une bouteille tant que vous êtes là, mon invité est un poivrot.

– Tout de suite, monsieur Marc.

– Tu n'es pas culotté, toi... Je ne sais plus ce que je disais...

– Des crétineries sûrement, comme d'habitude.

– Le sentiment d'étrangeté, voilà... C'est ça, être artiste : être là sans y être tout à fait, cultiver un rapport ironique au monde, porter un regard distancié, amusé sur ce qui nous entoure.

– Mange, ça va refroidir, a dit le serveur. Qui, avec un tel humour, est certainement un immense artiste.

– C'est malin, gros malin.

– Merci, l'artiste. Être boulanger, c'est faire du pain, être maçon, c'est monter des murs. Tu ne diras jamais : tiens ce type est boulanger, mais il n'a jamais fait de pain, oh et celui-là, il est maçon, mais il n'a jamais monté de murs. Écrivain, c'est une catégorie très précise, c'est écrire des livres.

– C'est toi le patron, je m'incline.

– J'adore t'entendre dire ça !

– Mais je n'en pense pas moins.

– Tu penses bien ce que tu veux tant que tu me ressers à boire. À propos, tu en es où de ton prochain roman, prof ? C'est peut-être celui-ci que je te refuserai, va savoir. Si c'est le cas, je te promets une lettre de refus bien vacharde.

– Impossible, je te rapporte trop d'argent… Après tout, je suis ta principale source de revenus.

– Tu parles, Charles ! Disons que tu ne m'en as pas encore fait perdre, de ce bon argent que j'aime tant. Possible même que j'en aie gagné un peu… Un peu, hein. Mais ce n'est pas avec toi que je deviendrai millionnaire.

– À propos de fortune, ç'en est où mes *Parkings*, question ventes ?

– Trop tôt pour savoir. Mais je suis optimiste. On en parlera plus tard. Et donc, tu travailles sur quelque chose ?

– J'accumule des trucs, mais je ne sais pas encore quelle forme ça prendra. Ni même si ça en prendra une.

– C'est quoi, le fil conducteur ?

– Ton feu, s'il te plaît. Arrête de saucer, espèce de ventre.

– Ta gueule. Rends-moi mon briquet, prof. Alors, ce fil conducteur ?

– Le RER.

– Le RER…

– Oui. C'est un drôle d'univers, je t'assure. Tu vois ce que c'est, un RER ? Ha ha ! Je le prends depuis des années, eh bien, dès la gare de Lyon, c'est dingo. Les gens ont beau emprunter le même train tous les jours à la même heure, ils ont beau savoir que ce putain de train qui vient du 9.3 a déjà déversé sa cargaison d'ouvriers et de petits employés, bref qu'il sera quasiment vide, eh bien, sitôt l'ouverture des portes, ils se ruent à l'intérieur en bousculant les passagers qui en descendent. C'est d'un navrant…

– Comme dans le métro, quoi.

– Tu prends le métro, toi ?

– Je l'ai pris, jadis.

– La différence, c'est que les rames du métro, elles sont toujours bondées. Ça n'excuse rien, mais bon. Une fois dans le RER, c'est tout un poème. À l'aller, le voyage est assez paisible : je peux lire. Les uns finissent leur nuit, d'autres la commencent, tandis que les derniers, mal réveillés, parlent tout bas. Pendant que le train passe entre les zones commerciales et les no man's land, entre les gravières et les cités HLM, à travers toute cette tristesse périphérique, ça murmure dans toutes les langues, en portugais et en bambara, en wolof et en pendjabi, en ourdou et en roumain, en bulgare et en hindi, en tamoul et en arabe, parfois même en français. Un RER, c'est une tour de Babel à l'horizontale, je t'assure, une synthèse de l'histoire de l'immigration. C'en serait presque émouvant. Au retour, en revanche, impossible de lire, c'est la cacophonie. Je ne sais pas à quoi c'est dû, ce contraste, peut-être au fait qu'après avoir passé une journée de merde dans leur boulot de merde, les gens ne sont plus capables de la moindre considération pour les autres. Tous accrochés à leur téléphone, les uns font étalage de leur vie, évidemment sur haut-parleur, tandis que les autres écoutent de la musique, regardent des séries ou des émissions du monde entier sans mettre leurs écouteurs. Ils font comme s'ils étaient dans leur salon, ces décérébrés, sans en avoir rien à foutre, mais alors rien, des gars dans mon genre qui aimeraient juste pouvoir lire ou se perdre dans leurs pensées.

– Tu ne pourrais pas leur demander de baisser le volume, de mettre des écouteurs ?

– Je l'ai fait une fois, il y a longtemps. J'étais plongé dans ma lecture lorsqu'un wesh-wesh s'est assis en face de moi... Il s'appelait certainement Kévin ou Dylan. Sitôt assis en face de moi donc, Kévin s'est mis à regarder des clips sur son téléphone. Avec toute la courtoisie dont tu me sais soucieux, je lui ai fait remarquer que j'étais en train de lire, que le bruit me dérangeait et qu'il serait bien aimable de mettre ses écouteurs. Il a relevé la tête – je crois que je n'avais jamais vu autant de haine dans un regard –, et m'a répondu, texto : « Va te faire enculer, sale fils de pute, tu crois quoi, que c'est un bolos comme toi qui va faire la loi ici, ferme ta gueule, bouffon, va ! » Bref, j'ai suivi son conseil : j'ai fermé ma gueule. Et lui a tchipé jusqu'à Paris...

– Tchipé ?

– Un bruit de succion que ces gens font pour exprimer leur mépris. Donc, non, tu vois, tu ne peux pas leur demander de baisser le volume ou de mettre des écouteurs, je finirai par me prendre une mandale. Alors, je sais que notre morale nous enjoint d'aimer notre prochain ou de nous croire tous égaux, mais je suis désolé, ce Kévin et ses semblables ne sont ni mes prochains, ni mes égaux. Je me sens moralement et intellectuellement plus proche de mon chien.

– Mais, tu as un chien ?

– Non, bien sûr que non…

– Tout s'est bien passé, messieurs ?

– On ne peut mieux.

– Je vous débarrasse. Un dessert, peut-être ?

– Merci, ça ira.

– Ce soir, c'est fête, j'ai dit.

– Je n'ai plus faim, Marc.

– Apportez la carte, on avisera.

– Tu ne maigriras jamais, toi.

– Allez, je te sers… Et voilà… Il nous reste un gros verre chacun. On ne va pas le boire comme ça, on n'est pas des pochards, enfin pas encore, on va commander un peu de fromage. Une assiette pour deux, ça te va, prof?

– Bon, d'accord…

– Extra. Alors, ce RER ?

– Ben, je ne sais pas… Je ne supporte plus ces gens, leur manière de nier l'autre.

– L'assiette de fromage de ces messieurs, s'il vous plaît.

– On n'a presque plus de vin, qu'est-ce qu'on fait ?

– Ah non, Marc, on a assez picolé !

– Juste un verre, alors ? Oui, vous pouvez bien nous mettre un verre à chacun ? Des grands, hein.

– Bon. Et qu'est-ce que tu vas nous en faire, de ce RER ?

– L'idée, mais je ne sais pas encore comment l'exploiter – je ne veux pas passer pour le fils spirituel de Zemmour ou de Richard Millet –, l'idée, ce serait de tracer des portraits de passagers qui me permettent d'évoquer au mieux l'indigence que j'observe là.

– C'est bon, ça.

– Mon idée ?

– Non, ce fromage, là, tu ne trouves pas ?

– Pas mal du tout, oui.

– Ton idée de RER, elle, me semble en revanche un brin caricaturale, mais bon, faut voir. Comme je dis toujours, il n'y a pas de mauvais sujets, il n'y a que de mauvaises manières de les écrire.

– On verra. Bon, et toi, tu en es où ?

– Avec mes *Rivières* ?

– Oui.

– C'est terminé, messieurs ? Une petite douceur ?

– Non, là, merci, on rend les armes…

– Je n'ai pas dit mon dernier mot, vieux !

– Non mais sans déconner, je n'ai plus faim. Comment tu fais pour ingurgiter autant ?

– Je suis un homme de goût, tu ne peux pas comprendre.

– Il a dû te coûter une fortune, ton gros bide…

– Je vous apporte la carte.

– Inutile, je sais ce que je veux: votre baba au rhum maison, il est divin.

– Marc, tu vas exploser.

– C'est léger, le baba.

– Disons aussi gras et imbibé que toi. Moi, je n'ai plus faim.

– Prends un truc, sérieux, je ne vais pas manger tout seul.

– Je peux vous proposer un café gourmand. Avec une petite crème brûlée à la vanille, un petit financier à la pistache et une petite tarte au citron.

– Tu vois, il le dit lui-même: tout est petit! Voilà, c'est bien ça, vieux!

– Bordel. Allez, va pour le café gourmand...

– Je vous apporte ça.

– C'est fête, t'ai-je dit. Parce que, ah ah... Si je t'ai demandé de venir, c'est que j'ai une bonne nouvelle à t'annoncer...

– Le baba au rhum maison et le café gourmand de ces messieurs. S'il vous plaît.

– Miam. Tiens, à propos, j'ai croisé Carolyn il y a peu.

– Ah.

– La vache, il est divin ce baba... Eh bien, tu avais tort de prétendre qu'elle vieillirait mal, elle est toujours très belle. Accompagnée de deux ou trois marmots, je ne sais plus.

– Tu lui as parlé?

– Non, je n'ai pas osé. Je l'aimais bien, mais je n'ai jamais eu grand-chose à lui dire, alors après toutes ces années, ça aurait été ridicule d'aller à sa rencontre. Tu en es où, d'ailleurs ? Tes amours ?

– Ça va, ça vient. À défaut de me rapporter de l'argent, mes livres me rapportent des lectrices, c'est déjà ça...

– Tu finiras vieux garçon, prof. Tu manges toujours des noix de cajou le vendredi soir ?

– Cette année, ce sera le jeudi. Tu vois, je mets de la fantaisie dans ma vie.

– Ça ne te manque pas, de vivre avec une femme ?

– Seulement quand il faut changer la housse de couette.

– Ha ha ! Tu es décidément très con. Tu te racornis comme un morceau de bidoche abandonné dans le frigo. Il te faut une femme pour retrouver un peu d'entrain, de gaieté, d'insouciance !

– Depuis Carolyn, j'en ai connu un paquet, des femmes, mais il n'y a rien à faire, j'ai eu beau essayer, je n'ai pas réussi à en aimer une seule. Après deux ou trois jours, je ne ressens plus qu'ennui et lassitude. J'ai l'impression de perdre mon temps. Je crois que j'aime trop ma routine et mon confort. Je crois bien que je vais renoncer aux femmes.

– Toi ? Renoncer aux femmes ? C'est comme si Gérard Larcher renonçait au saucisson.

– Le sexe m'intéresse moins, je vieillis. Je voudrais aimer, mais je n'y arrive pas.

– Pour aimer, il faut le vouloir, se placer dans une certaine disposition d'esprit, d'émotion…

– Je suis d'accord. C'est tout le problème. Je dois être traumatisé par mes échecs avec Perrine et Carolyn. Malgré moi, j'ai mis en place des mécanismes de défense.

– Tu as souffert de ta rupture avec Carolyn ?

– Pas de la rupture, de notre liaison. C'est de la séparation avec Perrine que j'ai souffert. Je suppose que tu t'en souviens.

– Les histoires d'amour ne finissent pas forcément mal, vieux. Moi aussi j'ai connu un divorce, mais regarde-nous, Géraldine et moi : on est mariés depuis plus de vingt ans et nous sommes très heureux !

– Je sais, je sais…

– Café, messieurs ?

– Non, merci, je viens d'en boire un.

– Un déca, pour moi, s'il vous plaît.

– Un déca ?

– On vieillit. Je dois surveiller mon cœur. Dixit Géraldine.

– Bon. Mais tes *Rivières*, alors ?

– J'ai fini, j'ai fini. Je fignole. Tu ne manges pas ta tartelette au citron ?

– Vas-y, empiffre-toi.

– Merci !

– Tu vas donc encore nous pondre un texte parfaitement chiadé…

– Tu ferais bien d'en prendre de la graine. La beauté de la langue ne fait pas le succès, mais elle assure la postérité.

– Tu sais bien que nous ne sommes pas d'accord. Tu écris très bien, ça, oui. Peut-être même trop bien. Tu me fais plus penser à un orfèvre qu'à un écrivain.

– Et voici le déca, je vous débarrasse. S'il vous plaît.

– Au sens où tu privilégies trop la forme, aux dépens du fond.

– C'est la différence entre nous, mon vieux. Je suis écrivain, tu es philosophe, on n'y peut rien, c'est comme ça. Chacun son tropisme. Je n'ai rien à dire au monde, rien à dire sur le monde. Contrairement à toi qui as une ambition conceptuelle, qui réfléchis beaucoup à la structure, qui cherches les lignes de force, bref qui es dans le contrôle, moi je pars d'une sensation, d'un rien, puis je laisse l'écriture se déployer. Quand je commence à écrire, je ne sais pas où je vais : c'est la langue qui commande. Va savoir s'il n'y a pas un lien entre ta façon d'écrire et ta façon d'aimer. Ou de ne pas aimer.

– Ce n'est pas con… Et de quoi tu es parti, pour tes *Rivières* ?

– D'un mélange de trouble et d'attendrissement en retrouvant par hasard une vieille photo de moi vêtu d'un jean pattes d'eph' et d'une chemise verte à fleurs blanches, aux pieds d'un carrelet. Au verso était inscrite une date : 21 juillet 1969. Armstrong venait de marcher sur la lune, j'allais sur mes onze ans. Soudain, les stalles de ma mémoire ont cédé : à la manière de la madeleine de Proust, ça a bouillonné dans mon cœur et mes tripes. En un éclair, j'ai de nouveau ressenti mes premiers emballements amoureux, mes premières tristesses, mes premiers enthousiasmes, mes premiers espoirs. La nostalgie m'a pris par la main. J'ai ouvert mon ordi et je me suis laissé porter.

– Une connerie, cette histoire de madeleine…

– Alors oui, je chiade, comme tu dis, mais si je chiade, c'est parce que je ne veux pas seulement dire : je veux évoquer. Faire en sorte que mon lecteur se laisse emporter à son tour. Que mes phrases troublent autant sinon plus que ce que je raconte. Le rêve de Flaubert – tu sais bien, écrire un livre qui ne tienne que par le style –, c'est un peu le mien. Et le style, c'est l'homme, que diable ! Si on se prenait un digeo ?

– Bordel.

– C'est médical en plus d'être étymologique : un digestif, c'est fait pour digérer.

– Au point où on en est…

– Tu vois le serveur ?

– Garçon !

– Messieurs ?

– Nous ne résisterons pas à un petit digeo…

– Je vous apporte la carte de suite.

– Non, non, ça va aller. Puisque nous parlions des années 1970, je prendrais bien un Get 31, vous avez ça ?

– Bien entendu, monsieur Marc.

– Avec beaucoup de glace, hein. Toi aussi ?

– Plutôt un cognac.

– VSOP ? XO ?

– XO.

– Je vous apporte ça de suite.

– C'est toi qui paies, autant se faire plaisir.

– Salaud de prof, tu vas me coûter une fortune.

– Ha ha ! Hâte de te lire, en tout cas.

– Je t'enverrai le fichier. Même si je sais que tu n'aimes pas ce que j'écris.

– N'importe quoi. Ce que tu écris n'est pas le style de littérature que j'affectionne le plus, c'est tout.

– C'est quoi, mon « style » de littérature ?

– De la littérature française.

– Qu'est-ce que ça veut dire, ça ?

– Que la littérature française oscille entre plusieurs écueils. Le tien, c'est l'élégance, l'obsession de la belle langue. Ce n'est pas pour rien que tu te réclames de Flaubert, le maître du style. Une bonne partie des lettres françaises est traumatisée par le XIXe siècle, lui-même traumatisé par le XVIIe et sa belle langue. D'où le rejet des *et* et des *que*, des adverbes et des répétitions, au profit d'un respect presque religieux de la syntaxe et de la ponctuation. C'est une littérature de prof de français, soignée, fluide, en un mot artificielle. Il faut que ce soit joli, comme si c'était plus important que la vérité.

– La vérité…

– Alors, ça te conduit à rechercher des synonymes, des mots désuets, précieux jusqu'au ridicule. Toi, ça va encore, mais quand je lis certains de tes écrivains préférés, les G. ou les B., comme par hasard des profs, je me dis qu'ils sont bons, certes, mais au bout d'une dizaine de pages, je me sens comme là, maintenant, après ce repas gargantuesque, un peu nauséeux, parce que trop c'est trop. Ce n'est pas pour rien que leurs romans, tes romans, sont courts, voire très courts. Avec un style pareil, il est impossible d'atteindre les deux cents pages : le lecteur en mourrait d'indigestion. Et l'auteur aussi.

– Proust se marre…

– Et dire que je dois me soucier de ta lecture, que je passe un temps fou à supprimer conjonctives et relatives, assonances et répétitions, verbes faibles et adverbes, avant que tu ne me demandes de le faire…

– La seule chose que je te demande, c'est d'écrire français.

– Tttttt. Mais bon, cet écueil produit quand même de la bonne littérature, je ne dis pas le contraire. Pas celle que j'aime, mais de la bonne littérature quand même. Et puis il y a aussi l'écueil de l'autofiction. L'exhibitionnisme de l'âme, un truc de ceux qui estiment que leurs petites névroses de grands bourgeois sont intéressantes, qui ne veulent surtout pas les transcender par la fiction, qui veulent être dans le vrai jusque dans l'impudeur, même s'il s'agit d'un vrai réarrangé au service de leur narcissisme. Écrire leur permet de parfaire leur psychanalyse. Bref, c'est sans intérêt, ça ne sert qu'à émoustiller les journalistes et les jurés des prix littéraires, qui grenouilleront et crieront au génie. Enfin bon, parfois, j'admets, il y a quelques pépites.

– Les digestifs de ces messieurs, s'il vous plaît.

– Santé, vieux.

– Santé…

– Tu disais ?

– Bordel, je ne sais même plus ce que je disais.

– Tu en étais au second écueil.

– Ah oui. Les autres ne produisent que des livres sans intérêt, mais qui ont du succès. Il y a, d'une part, la littérature à la Geoffrey, qui émoustille gentils libraires et gentils lecteurs parce que les personnages sont croquignolets, un peu cabossés par la vie, mais mignons comme tout et sans plus de profondeur que des héros de sitcoms, et il y a la littérature sociale-démocrate, imprégnée de moraline, qui dénonce les horribles vices de la société.

– C'est quoi, alors, la bonne littérature, hmm ?

– Celle qui remue la merde, qui se moque de nos vertus, qui fouille pour voir ce qui se cache derrière nos jolies postures. J'aime les écrivains mal intentionnés, ceux qui titillent là où ça fait mal. En ce sens, Houellebecq est intéressant. Dommage qu'il n'ait pas sur lui-même le recul qu'il a sur la société.

– Eh bien, dis-moi, tu n'es pas avare en conneries ce soir !

– Possible, mais ça fait du bien. On s'en envoie un autre ?

– J'allais te le proposer. Garçon ! Remettez-nous ça, merci ! Au fait, tu es heureux, prof ?

– Bordel, qu'est-ce que c'est que cette question ?

– Réponds.

– Je n'en sais rien. Je n'ai aucune aptitude au bonheur, mais je ne crois pas être malheureux pour autant. Heureux, heureux… Tu es heureux, toi ?

– Je me sens globalement assez heureux, oui… Je sais apprécier ce que j'ai. Là, présentement, ici, chez Vagenende, avec un bon verre, avec toi, je me sens heureux. Tu vois qu'il m'en faut peu…

– Disons que je serais malheureux si je n'avais pas réalisé mes rêves de jeunesse : habiter Paris, être publié, avoir connu l'amour, même la passion. Mais bon, je n'habite pas le centre historique, mais le 13e, en bordure du périph', mes livres ne rencontrent qu'un succès d'estime, et je suis célibataire. Alors, non, je n'ai pas raté ma vie, mais je ne peux pas dire que j'en suis satisfait. Disons que m'en contente. Je suis comme l'Œdipe de Sophocle, celui à Colone, qui au début de la pièce déclare : « Je demande peu, j'obtiens moins encore, et ce peu me suffit, car les souffrances, la vieillesse, et enfin mon courage m'enseignent la résignation. »

– C'est gai.

– J'ai l'impression qu'on entre dans la vie comme en classe de terminale. Certains passeront à côté de leur existence, comme d'autres à côté de leur scolarité. Le plus grand nombre s'en sortira de justesse, en subissant, et ne souhaitera qu'une chose : mourir dans son sommeil pour ne pas avoir à faire le bilan. Quelques autres, très rares, se donneront les moyens de réaliser leurs ambitions, et certains y parviendront. D'autres encore, plus malins qu'on ne l'aurait cru, s'en sortiront parce qu'ils auront eu l'intelligence de se fixer des objectifs au diapason de leurs capacités. Et puis il y a ceux qui, comme moi, se seront donné des objectifs bien supérieurs à leurs moyens, visant la plus haute mention à l'examen, pour finalement n'obtenir que la plus basse… Mais enfin ils s'en accommoderont, finiront par se convaincre que ce n'est pas si mal, après tout beaucoup n'arrivent même pas à ce niveau. Mais il leur restera une sorte d'arrière-goût dont ils ne parviendront jamais à se défaire, tu peux en être sûr.

– Qu'est-ce qu'il te faudrait pour te débarrasser de cet arrière-goût ?

– Le Goncourt.

– J'étais sûr que tu allais dire ça… On est quel jour, aujourd'hui ?

– Le 4 septembre.

– Et demain ?

– Tu en as beaucoup, des devinettes aussi connes ?

– Et voici l'addition, les digestifs sont offerts par la maison.

– C'est gentil, ça ! Tenez, je paie par carte. Bon, demain, on sera le 5 septembre.

– Ton anniversaire est en octobre, non ?

– Mais que tu es con.

– Alors, qu'est-ce qui se passe demain ?

– L'académie Goncourt annoncera sa première sélection.

– Tu es dedans ?

– Toi, tu es dedans.

– Tu déconnes...

– Ha ha ! La tête qu'il fait ! Non, je ne déconne pas.

– Bordel, tu en es sûr ? Comment tu sais ça ?

– Une indiscrétion. Ça va ? Tu es tout pâle...

– Bordel.

– Ne t'emballe pas. Pour te dire les choses franchement, tu n'as aucune chance, il y a vraiment du lourd : Reinhardt, Duteurtre, Salvayre, Angot, Foenkinos, et j'en passe. Mais tu es le seul représentant de l'édition indépendante et, ça, c'est génial. Pour toi comme pour moi. Jamais je n'aurais cru que ton histoire de violeur des parkings serait sélectionnée, mais bon, le Goncourt a ses raisons que la raison ne connaît point.

– Bordel.

– Du calme. Si tu es encore dans la deuxième sélection, dans un mois, là on pourra commencer à parler de miracle. Critiques et libraires vont s'intéresser à tes *Parkings* et on peut espérer de bonnes ventes. J'ai demandé à l'imprimeur de se tenir prêt pour un retirage, au cas où ça s'emballerait. On y va ?

– On y va. Je vais prendre un taxi à Odéon.

– Je t'accompagne.

– C'est sur ton chemin, pacha.

– C'est bien pour ça que je t'accompagne... Ha ha ! Et arrête de faire cette tête, c'est vachement bien d'être sur cette liste, tu ne te rends pas compte.

– C'est bien, pas vachement bien. Tu vois, j'ai l'impression que c'est mon destin : être au plus près de mes objectifs sans jamais y parvenir. Réussir là où je ne voulais pas réussir, échouer là où je voulais réussir. À ma mort, au conseil de classe de l'Au-delà, Dieu n'écrira pas sur mon bulletin : « Aurait pu mieux faire » mais, ce qui est bien pire : « A fait de son mieux. » Allez, salut, pacha. Et merci encore !

2016

À GENOUX

De : justinedu91800@gmail.com

À : tmittelmann1960@gmail.com

Date : dim. 29 mai 2016 11:27

Objet : Invitation

Je me permets de t'écrire après toutes ces années pour t'inviter à ma soutenance de thèse de doctorat, *La Folie amoureuse dans l'œuvre de Stendhal,* qui se tiendra dans les locaux de l'université Paris 3 Sorbonne-Nouvelle, le mercredi 22 juin à 17 h.

Je voudrais que tu saches à quel point ton enseignement a été décisif dans ma formation intellectuelle : je t'en serai à jamais redevable.

Si dès l'année prochaine j'ai prévu de préparer l'agrégation, c'est parce que je voudrais à mon tour transmettre ma passion, éveiller les esprits et donner envie de lire tou·tes ces écrivain·es que j'aime tant. Avant de te connaître, j'étais certes une bonne élève, mais n'en étais pas moins une petite sotte (☺) : je te dois ce que je suis devenue. Pour toutes ces raisons, ta présence me réconforterait pour affronter le jury.

J'espère que le petit incident, dont je m'excuse encore, est clos… Après toutes les épreuves qu'a traversées le pays, les affreuses tueries de Charlie Hebdo, des terrasses et du Bataclan, les temps ne sont-ils pas à la réconciliation, pour la nation comme pour nous ? J'espère donc que tu seras présent et que nous pourrons échanger lors de la modeste réception qui suivra cette soutenance.

Bien à toi,

Justine

Devait-il accepter ou refuser l'invitation ? Répondre même à ce mail ?

Après le *petit incident* du printemps 2011, il n'avait plus eu de nouvelles de Justine et s'attendait à ne plus jamais en avoir, ce qui l'avait tout à la fois soulagé et attristé. De temps à autre, son visage, sa silhouette, parfois son prénom, émergeaient du maelström de sa mémoire, avant d'y être de nouveau engloutis. Cela ne durait qu'un instant, bien suffisant pour le déstabiliser. Car s'il était une chose à laquelle il ne voulait plus penser, c'était bien au *petit incident* en question. Tétanisé devant son ordinateur, ses pensées, ses émotions s'embrouillèrent en un affreux pastis. Sa confusion était telle qu'il grimaçait sans s'en rendre compte, sa bouche exprimant tour à tour l'agacement et le plaisir, le désir et le désagrément. À se demander ce qui était le plus difficile : écrire un roman ou affronter le réel. Il se disait parfois qu'il devrait porter plainte contre ce dernier pour harcèlement moral, et qu'un avocat métaphysicien parviendrait peut-être à lui imposer des mesures d'éloignement. Face au ciel, dans son vieux fauteuil aux accoudoirs pelés, une bière dans une main, une cigarette dans l'autre, il se laissa submerger par des vagues de souvenirs. Leur reflux le ramena neuf ans en arrière, à la rentrée 2007.

Ce 4 septembre, comme il en avait pris l'habitude, il s'était posté au seuil de sa salle pour y accueillir la terminale littéraire dont il aurait la charge comme professeur principal. Regarder ses élèves approcher, les voir défiler devant lui avant de s'installer lui permettait de se faire une idée assez précise de l'année à venir. Les meilleurs éléments arriveraient en premier, suivis du gros de la classe, quand les plaisantins et autres crétins seraient déjà à la traîne, parlant fort et riant grassement. Il lui suffirait d'observer les silhouettes, les tenues, les visages et les regards – enjoués ? timorés ? fuyants ? – pour deviner le caractère et jusqu'au niveau scolaire des uns et des autres. N'en déplaise à la rationalité moderne, la physiognomonie n'était pas une science si idiote : il existait des types clairement identifiables, des physionomies, des corps et des allures révélateurs d'un tempérament. L'espèce humaine n'était pas aussi variée qu'on voulait bien le dire : ses spécimens étaient parfois tellement semblables qu'il avait chaque année l'impression de voir plus ou moins les mêmes têtes. À l'entrée de la salle, donc, il devenait zoologue, répartissant cette procession de créatures en espèces et sous-espèces : le doué et le bûcheur, le glandeur sympathique et le glandeur sournois, le largué de bonne volonté et le largué je-m'en-foutiste, etc. Ce quelque chose d'animal qui se jouait aux premiers regards fonctionnait d'ailleurs en sens inverse : les élèves savaient en un clin d'œil ce qu'ils pourraient ou non se permettre.

En cette rentrée, donc, il attendait ses élèves en espérant deux choses.

D'abord, qu'il aurait affaire à une classe sympathique. La question du niveau, qui l'avait tant préoccupé à ses débuts, ne l'intéressait plus du tout. N'en déplaise aux déclinistes, le nombre de bons et très bons élèves restait à peu près le même : ce qui avait changé, c'était la quantité toujours croissante d'élèves en difficulté, surtout en ce qui concernait la maîtrise de la langue – certains futurs bacheliers touchaient aux limites de l'illettrisme, même et surtout en filière littéraire, la plupart ne s'y inscrivant que pour échapper à tout enseignement scientifique et non par appétence pour la littérature ou la philosophie. En matière d'éducation, il était désormais pratiquant, mais non croyant : fonctionnaire, il fonctionnait. Avec ou sans lui, les bons et très bons élèves resteraient de bons et très bons élèves, et les élèves en difficulté resteraient des élèves en difficulté. Il ne croyait plus en son rôle de pédagogue, ni même à son statut de transmetteur : si la curiosité, l'esprit critique et le désir de réussir n'avaient pas été insufflés par les parents dès le plus jeune âge, si les premiers maîtres n'avaient pu corriger les défaillances familiales, les classes étaient dorénavant bien trop chargées, et les lacunes bien trop nombreuses, pour qu'il pût rectifier quoi que ce fût. Alors, d'année en année, il s'adaptait : il simplifiait ses cours. L'exigence s'était dissoute dans la massification de l'enseignement, comme la subtilité dans la course aux « likes » : tous ses élèves obtiendraient leur baccalauréat et ne se rendraient compte de leurs capacités – et de leurs limites – qu'une fois confrontés aux exigences de l'enseignement supérieur. Le secondaire n'avait plus pour fonction de corriger les inégalités socio-économiques, mais de les accompagner, au mieux de retarder leur contagion ; on l'avait leurré sur sa mission : il n'avait rien d'un maître chargé d'instruire des enfants, mais tout d'un gentil animateur culturel dont l'unique objectif devait être de ne pas faire de vagues.

Ensuite, il espérait avoir parmi ses élèves quelques jolies jeunes filles. De cela il ne parlait bien entendu à personne, sinon à Marc, mais c'était ainsi et, plus les années passaient, plus il s'apercevait de la prégnance de ce facteur sur son plaisir à faire cours. Il y avait dans cette fascination grandissante pour la beauté quelque chose qui relevait de la nostalgie, car si, à chaque rentrée, il était plus vieux d'une année, ses élèves, eux, ne cessaient d'avoir dix-sept ans. Et plus il vieillissait, plus il se trouvait, pour ainsi dire, mécaniquement ému par la présence d'une jolie lycéenne. Cet attrait pour la beauté était solidement, pathologiquement ancré en lui. Il en avait pris conscience lorsque lui-même était élève de terminale. Lors d'un de ses tout premiers cours de philosophie, consacré à l'*Hippias majeur* de Platon, monsieur Marconi avait déclenché l'hilarité générale en se moquant du sophiste qui, à Socrate demandant ce qu'était le beau, avait répondu : « Une jolie jeune fille. » Ne fallait-il pas être sot, avait ironisé monsieur Marconi, pour confondre « ce qu'est le beau » et « ce qui est beau » ? Pour ne pas distinguer le général du particulier ? Lui n'avait pas ri : à ses yeux, l'imbécile n'était pas Hippias, mais bien ce Socrate – dont la laideur était légendaire – qui s'acharnait à vouloir définir la beauté à l'aide de concepts (il n'y arrivait d'ailleurs pas, ce qui était un comble). Assis sur sa chaise, il avait eu l'intuition qui le conduirait à rejeter les vaines disquisitions métaphysiques : comme toute abstraction, la beauté « en soi » n'était qu'une chimère. Il n'existait que des choses belles : la beauté était incarnée ou n'était pas. Or rien ne l'incarnait mieux qu'une jolie jeune fille. À la fin du cours, il était allé confesser son désarroi au professeur. Lequel l'avait écouté avec attention avant de lui répondre que, non, il n'était pas perdu pour la philosophie : il trouverait du réconfort dans la lecture d'auteurs comme Sartre, Nietzsche ou Cioran. Qu'il lut aussitôt avec passion, avant, quelques années plus tard, de venger Hippias en lui consacrant son mémoire de maîtrise.

Assurément, il lui était arrivé d'éprouver du désir pour quelques-unes de ses élèves. Comment faire autrement ? Toutefois, les rares collègues qui, à l'instar de son formateur, Gabriel Nicolassi, n'avaient pas su résister à la tentation, l'avaient toujours répugné. Lui avait été suffisamment sage, peut-être suffisamment lâche, pour ne jamais céder. Et s'il avait maintes fois été sollicité, par des filles comme par des garçons, jamais il n'avait donné suite. Avec l'âge, ce désir s'était peu à peu estompé. Il n'était plus qu'un esthète. Il admirait les femmes comme il s'émerveillait devant des tableaux : le plaisir de regarder l'emportait sur le désir de possession. La beauté le réjouissait, la laideur le démoralisait, point final.

Il attendait donc à l'entrée de sa salle. Ce fut comme une apparition : elle avançait, au milieu du rang, tanagréenne. Passant devant lui, elle avait levé la tête et l'avait salué d'un sourire angélique ; il avait fléchi involontairement les épaules. Il avait vu ses autres élèves sans les voir et, une fois tout le monde installé, avait fait l'appel en tâchant de dissimuler son trouble. Au premier rang, dans sa robe de mousseline claire à petits pois, enveloppée d'un châle de laine fine à bandes violettes qui la protégeait de la fraîcheur matinale, elle irradiait. Un peu trop petite, un peu trop fine, les cheveux d'une blondeur un peu trop estivale, de grands yeux verts oblongs dans un visage un peu trop carré, des pommettes un peu trop hautes, un petit nez un peu trop épaté et une bouche un peu trop grande, Justine n'était pas parfaite : elle était bien mieux que cela.

Elle s'appelait donc Justine et, dans les jours et semaines qui suivirent, il avait fallu qu'il fît semblant de ne pas se souvenir de son prénom davantage que de celui de ses camarades.

Toujours souriante, Justine n'en était pas moins une élève sérieuse. Pas brillante, sérieuse. Sa présence avait suffi à lui rendre cette année parmi les plus agréables de sa carrière. Même s'il avait dû s'ingénier à ne pas trop la regarder lorsqu'il faisait cours, et à ne pas la surnoter, il avait attendu avec une impatience difficile à contenir les heures où elle serait là, au premier rang, sur sa gauche. C'est avec une pointe de nostalgie qu'il voyait les vacances arriver et presque avec joie qu'il reprenait les cours. Il n'en était pas tombé amoureux, mais sa présence lui avait rendu un peu de son entrain. Il éprouvait pour elle un désir diffus, semblable à celui qu'il ressentait parfois pour certaines œuvres d'art qu'il aurait aimé posséder tout en sachant la chose fondamentalement impossible. Il avait donc vécu la fin de l'année scolaire avec une certaine tristesse, décomptant les heures pendant lesquelles il pourrait encore se rassasier de sa présence. À l'issue du dernier cours, la classe lui avait remis une carte sur laquelle elle avait écrit un mot aussi gentil que banal. Il l'avait ensuite à peu près oubliée, mais c'était toujours avec tendresse qu'il lui arrivait de repenser à elle.

Quelques années plus tard, Justine lui avait adressé un mail dans lequel elle l'informait de l'obtention de sa licence de lettres tout en lui proposant de boire un verre. Ce message lui avait fait plaisir, l'avait flatté même. Il lui avait répondu qu'il ne pouvait hélas pas sortir de chez lui, s'étant fêlé deux côtes, mais que, d'ici un mois, il prendrait très volontiers ce café avec elle. Justine n'avait pas tardé à répliquer : elle le plaignait et se proposait de passer directement chez lui. Fallait-il y voir malice ? Après s'être un temps perdu dans la contemplation des nuages, il était parvenu à faire taire les pensées qu'il ne voulait pas entendre et avait conclu n'avoir rien à craindre de la part d'une gamine dont il aurait pu être le père. Sa proposition était sans doute culottée, mais parfaitement innocente – d'autant que les nouvelles générations n'avaient pas le même sens des convenances. Pour ne pas faire preuve d'empressement, il avait laissé passer deux jours avant de l'inviter le dimanche suivant, à l'heure du thé.

Malgré la douleur persistante, il avait fait le ménage et s'était même traîné jusqu'à l'épicerie. Quand l'interphone avait sonné, tout était prêt : les biscuits étaient répartis dans de petites assiettes sur la table basse, et l'eau frémissait déjà dans la théière. Il appréhendait la teneur de la conversation : que pourraient-ils trouver à se raconter ? En la découvrant vêtue d'une courte robe de coton bleu ciel à fleurs blanches, il avait ressenti le même émoi que la première fois, émoi qui s'était encore amplifié lorsqu'elle l'avait embrassé en appliquant vivement ses lèvres sur ses joues mal rasées. Elle avait déballé les quelques mignardises multicolores qu'elle avait apportées, autrement plus appétissantes que ses petits biscuits ternes et secs. Après un instant de gêne, ils avaient évoqué la disparition de Xavier Dupont de Ligonnès et le printemps arabe, l'intervention militaire française en Lybie et la mort de Ben Laden, les affaires Dominique Strauss-Kahn, Georges Tron, autant de sujets qui n'engageaient à rien. Puis la discussion s'était faite plus légère, moins empruntée. Il ne disait pas grand-chose. Il l'écoutait parler de sa vie, de ses études, de ses lectures (elle avait lu tous ses livres, était même venue avec *Le Roman de Romero* afin qu'il le lui dédicaçât). Ils n'étaient plus le professeur et son élève, mais deux amis qui badinaient. Puis elle était venue s'asseoir à ses côtés pour lui montrer des photographies de vacances sur son téléphone. La voir ainsi, en maillot de bain, éclatante de jeunesse, écumeuse et riante, l'ébranla. Il y eut un silence. Quand il se tourna vers elle, elle le regardait fixement – ardemment, songea-t-il –, puis, sans le quitter des yeux, elle posa ses lèvres sur les siennes. Sa langue fraîche, vanillée, n'avait pas eu à forcer son passage. Incapable de la prendre dans ses bras, il lui avait rendu son baiser, tétanisé, torturé, pataugeant entre épouvante et ravissement. Son esprit n'était plus qu'un immense trou noir qui absorbait et désintégrait toutes ses pensées ; c'était le chaos primordial des Grecs, les abysses, la béance, le gouffre d'où avaient surgi Érèbe et Éros, les ténèbres et le désir. En lui s'opérait l'étrange fission des sensations et des sentiments les plus indécemment contradictoires. Tout en continuant à l'embrasser, Justine avait posé sa main sur sa bandaison et l'avait cajolée en douceur. Respirait-il encore ? Il avait l'impression de vivre quelque chose qui devait ressembler à l'extase des premiers saints du christianisme, des premiers sages de l'Orient, des premiers chamans de l'Amazonie. Les lèvres de Justine s'étaient dirigées vers le lobe de son oreille gauche, puis son cou, enfin son torse, le long duquel elle avait glissé pour s'installer à genoux entre ses jambes. À l'instant où elle avait fait surgir son sexe dressé de sa braguette, il s'était relevé d'un coup, dans un vertige, avait balbutié en se rembraillant. Il avait été son professeur, il ne pouvait pas. Elle protesta, elle était « majeure et vaccinée », elle l'aimait « depuis toujours ». Tremblant, vacillant, il lui avait demandé de partir. La porte refermée, il n'avait plus été que regrets : regret de l'avoir invitée, regret de l'avoir chassée, regret de s'être laissé embrasser, regret de ne pas l'avoir prise dans ses bras, regret de s'être fait caresser, regret de ne pas s'être laissé aller. Ce malaise le poursuivit des semaines durant, qui l'accusait tour à tour de n'être qu'un prédateur et un couillon de bigot. Il avait fini par se voir comme un pervers à la Gabriel Nicolassi, persuadé que seule la lâcheté l'avait conduit à refuser le plaisir suprême. Il s'était juré de ne plus jamais se retrouver dans cette situation. Et d'oublier ce *petit incident*. Devait-il donc accepter ou refuser l'invitation de Justine à sa soutenance de thèse, devait-il même y répondre ? Il fallait répondre. Refuser. Passer à autre chose. Oublier.

De : tmittelmann1960@gmail.com

À : justinedu91800@gmail.com

Date : dim. 12 juin 2016 12:14

Objet : RE : Invitation

Chère Justine,

Je te remercie pour cette invitation qui me touche beaucoup. Je serai là.

À bientôt,

T. Mittelmann

2018

VIEILLIR

BONJOUR JEUNES GENS, asseyez-vous et sortez vos affaires pendant que je me connecte à Internet pour faire l'appel. Du moins s'il y a du réseau… Ah, ça y est.

Jibran ?

Tajma ?

Carole ?

Marine ?

Victoria ?

Moins fort s'il vous plaît ! Vous pouvez chuchoter le temps de l'appel, j'ai bien dit chu-cho-ter, pas bavarder, merci…

Améline ?

Fannie ?

Aude ?

Clara ?

Julie et Sophie ?

Toujours aussi inséparables, en classe comme dans la liste d'appel ! Comment voulez-vous que je parvienne à savoir qui est l'une, qui est l'autre… C'est vrai, ce n'est pas très sympa, mais bon, que voulez-vous – à mon âge, on fait ce qu'on peut, hein.

Laura ?

Coralie ?

Havana ?

Théa ?

Luna ?

Angélique ?

On chuchote, jeunes gens. Merci.

Lila ?

Margot ?

Mariama ?

Amélie ?

Maélona ?

Fanny ?

Léa ?

Océane ?

Lina ?

Chloé ? Chloé ? Non ? Qu'est-ce que tu racontes Jibran ? Ah… OK, mais ce qui m'intéresse, c'est de savoir si elle est présente ou non, les raisons, je m'en fiche, cela regarde la Vie scolaire. Mais je te remercie, Jibran.

Lucie ?

Yanis ? Yanis ? Tu as le droit de répondre… Tu me fatigues, Yanis : si je devais tous vous chercher du regard, cet appel prendrait encore plus de temps. Alors réponds quand je t'appelle, d'accord ? Voilà. Et sors tes affaires.

François ?

Louna ?

Jimmy. Ça va, mon petit Jimmy ? Bien.

Youssra ?

Erwan ?

Lilou ?

Leonardo ?

Allez, c'est parti, jeunes gens. Ah, attendez… Que je branche ma tablette… Nous avons terminé la séance d'hier sur la distinction que faisait Bergson entre le temps et la durée, distinction que vous avez tous comprise, enfin je crois. Quelqu'un peut rappeler en quoi elle consiste ? Jibran ? Voilà, c'est ça : le temps objectif est abstrait, au sens où, avec lui, une heure est toujours égale à une heure. Comme le montre l'horloge au-dessus du tableau, ce temps est spatialisé, découpé en tranches, et permet la vie en commun : c'est parce que le cours d'aujourd'hui est programmé de 9 h 30 à 10 h 25 que vous êtes arrivés en même temps et que vous allez tous repartir précipitamment dès que vous entendrez la sonnerie annonçant la récréation. La durée, elle, c'est du temps concret, c'est notre expérience intime du temps. Pour chacun d'entre nous, en effet, une heure n'est jamais égale à une heure. Une heure passée à m'écouter file bien plus vite qu'une heure passée en soirée, non ? Non ? Quelle bande d'ingrats ! Plus sérieusement, la durée, c'est le temps que vous éprouvez individuellement. Cette heure ne passera pas aussi vite pour, je ne sais pas, pour Yanis, tiens, que pour Jibran. Néanmoins, vous serez tous tellement attentifs, tellement captivés par mon discours que, comme on dit, vous ne verrez pas le temps passer, alors que parfois – étrangement, j'en conviens –, les minutes paraissent des heures. Bref, vous avez tous bien compris ? Oui, c'est ça, Fanny, quand on attend quelqu'un qui est en retard, les minutes semblent interminables, exactement. Bon, la suite du cours. Vous allez voir, c'est facile, ça va aller vite… Alors, petit trois : « L'expérience de l'irréversibilité. » Calmez-vous, je l'écris au tableau, chers élèves de terminale littéraire… I, deux R, E accent aigu, V, E, R, et sibilité, comme ça se prononce… C'est bon, tout le monde y est ? Qu'est-ce qu'il y a, Mariama ? Irréversibilité ? D'autres ne connaissent pas le sens de ce mot ? Ah oui, quand même… Tais-toi, Jibran, mais qu'il est pénible… Ça va, je plaisante, ne fais pas cette tête… Pardon, Fanny ? Il a le seum ? Mais non… Tu n'as pas le seum, Jibran ? Tu vois,

Fanny, il nie, certes avec l'air de quelqu'un qui a le seum, mais il nie. Tiens, Jibran : cœur avec les doigts… MDR ? Ah oui, j'oublie tout le temps… Bon, commençons. Que nous montre l'expérience ? Que les choses tendent vers leur désintégration : les fleurs fanent, les feuilles roussissent, tombent et, pire encore, nous-mêmes vieillissons et finirons par mourir… Oui, Havana, ça repousse, mais il en est des feuilles et des fleurs comme des humains : les générations se succèdent sans être jamais les mêmes. Comme dit l'Ecclésiaste : « Une génération s'en va, une génération s'en vient, et la terre subsiste toujours. » Tu vois ? Bon… En tout cas, telle est la particularité du vivant : il naît, vieillit et meurt. Enfin, ce n'est vrai que pour les animaux, parce que pour les arbres et les plantes, c'est différent, mais je vous expliquerai ça dans un prochain cours. Figurez-vous que c'est un élève qui me l'a appris il y a quelques années… Eh oui, ça arrive. Bref. Les animaux, hommes compris donc, vieillissent. Vivre, c'est vieillir. C'est comme ça. Dans les années qui viennent, vous assisterez à de plus en plus de mariages, puis, quand vous aurez mon âge, à de plus en plus d'enterrements, ceux de vos grands-parents, puis de vos parents, enfin de vos amis… Ha ha ! Mais non, Théa, je ne suis pas cruel : c'est le réel qui l'est. Bref, le fait est que nous vieillissons et que, malgré les crèmes et les régimes, nous ne pouvons rien y faire. Et si nous n'y pouvons rien, c'est parce que le principal attribut du temps est l'irréversibilité. Jibran frétille sur sa chaise, lui permettons-nous de nous donner la définition de ce terme ? Non ? Désolé, Jibran, mais je vais laisser, je vais laisser… Vas-y, Angélique… C'est ça, parfait. Vous voyez, s'il est possible d'aller de A à B puis de B à A dans l'espace, c'est impossible dans le temps. Le passé est par définition passé, il est devenu destin, c'est-à-dire qu'on ne peut plus le changer. C'est comme dans « Le Pont Mirabeau » d'Apollinaire, vous connaissez ? Non ? Personne ? Bon… Apollinaire, ça ne vous dit rien ? Ah, quand même. Oui, Mariama, je l'écris au tableau : A, P, O, deux L, I, N, un P et deux L, comme dans Apollon, A, I, R, E. Dans « Le Pont Mirabeau », donc, Apollinaire écrit – je cite de mémoire : « Passent les jours et passent les semaines / Ni le temps passé / Ni les amours reviennent / Sous le pont Mirabeau coule la Seine. » Jibran ? OK, bon, je dicte. Passent les jours… et passent les semaines… les semaines… ni le temps passé… temps passé… ni les amours… ni les amours reviennent… reviennent, oui… sous le pont Mirabeau… M, I, R, A, B, E, A, U… Sous le pont Mirabeau, donc, coule la Seine. C'est bon ? Vous comprenez ce que cela signifie : ce qui est passé est passé, il n'y a rien à faire. C'est d'ailleurs pourquoi, à la suite d'une erreur ou d'un échec, il est inutile de vous lamenter, d'échafauder tout un tas d'hypothèses sur ce qui se serait passé si vous aviez agi comme ceci ou comme cela : une fois que c'est fait, c'est foutu, impossible d'inverser le cours des choses. Et plutôt que se leurrer, il est préférable d'ouvrir les yeux pour, peut-être, mieux profiter de la vie. Mais bon, tout ce que je voulais dire, c'est que l'irréversibilité du temps se traduit par un effet destructeur : la vieillesse. Ce qui peut s'entendre de trois manières. Il y a d'abord… Oui, Margot, mets des tirets. Ou des astérisques. Ou des étoiles. Enfin ce qui te fait plaisir. Il y a donc d'abord la vieillesse au sens usuel, physique : c'est ce qu'on appelle la sénescence… Chuuuut, j'écris le mot au tableau, pas d'inquiétude… Voilà. Vieillir, bien entendu, c'est prendre de l'âge – cela commence donc à la naissance –, mais c'est surtout, et là, ça commence à des âges variables, subir la dégradation de notre organisme, l'épuisement progressif de notre corps. Avec le temps, la santé est de plus en plus fragile, le corps de plus en plus affecté par des faiblesses, des douleurs, des gênes. Non seulement, c'est déprimant, car on sent le terme approcher peu à peu, mais nos déficiences nous mettent à la merci des plus forts ou des plus jeunes. C'est le sens de la fameuse tirade de Don Diègue, dans *Le Cid* de Corneille, qui, humilié par un de ses ennemis, est, à cause de son âge, incapable de se défendre : « Ô rage ! Ô désespoir ! Ô vieillesse ennemie ! / N'ai-je donc tant vécu que pour cette infamie ? » Oui, ne vous inquiétez pas, je répète : ô rage, point d'exclamation… ô désespoir, point d'exclamation… et n'oubliez pas l'accent circonflexe sur le O… Circonflexe, Luna ? Aïe… C'est le petit chapeau chinois, tu vois ? Misère… Ô rage ! ô désespoir, donc… ô vieillesse ennemie, point d'exclamation… N'ai-je, avec une majuscule car il s'agit d'un nouveau vers… N'ai-je tant vécu, tant, T, A, N, T… que pour cette infamie, point d'interrogation. C'est bon ? Parfait. Vieillir, donc, c'est assister à sa propre déchéance, c'est constater, jour après jour, que cela va de plus en plus mal. Ah, ça me rappelle ce que chantait Jacques Brel ! Tout le monde connaît Jacques Brel ? Non ? Re-misère… Un chanteur belge, un poète… Il est mort, oui, François, à la fin des années 1970. Oui, Fanny : *Ne me quitte pas, Amsterdam*, etc., très bien. Brel, donc, chantait, vous pouvez noter cette phrase : « Mourir, cela n'est rien, mais vieillir, ah, vieillir ! » Mourir, virgule, cela n'est rien, n'est rien… virgule… mais vieillir, virgule… ah, A, H, virgule… ah, vieillir, point d'exclamation, fermez les guillemets. Vous comprenez ce que Brel veut dire ? Mourir n'est rien parce que, comme nous l'avons déjà vu, la mort est un événement non-événementiel, une expérience que nous ferons tous sans la faire puisque, par définition, nous serons morts. Mais vieillir, ça, c'est une autre histoire... Si vous n'avez plus, ou pas encore, de vieux parmi vos proches, vous avez sûrement vu des reportages sur les EHPAD, E, H, P, A, D, « établissements d'hébergement pour personnes âgées dépendantes »... Ah non, Mariama, je ne répète pas, note juste EHPAD, tu regarderas sur Internet... Enfin voilà, ce n'est pas joli, joli... En tout cas, vous comprenez qu'en vieillissant, le corps s'affaisse et, comme par anticipation, se penche vers une terre qu'il rejoindra bientôt. Bref, plus le temps passe, plus un arrêt du cœur est probable. Je sais bien que c'est encore abstrait pour vous : vous avez la sensation d'être immortels parce que votre corps ne s'impose à vous que de temps en temps, lorsque vous êtes malades, par exemple, mais... Très amusant, Yanis, cela dit, oui, en effet, à mon âge, c'est concret, ou plutôt, ça le devient. Eh oui, tu rigoles, mais je ressens parfois une petite gêne par-ci, une petite gêne par-là, et je mets de plus en plus de temps à récupérer d'une soirée un peu arrosée, c'est comme ça... Quel âge j'ai, Fanny ? En voilà une question ! Si je te dis une quarantaine d'années, tu me crois ? Pffff, vous n'êtes pas sympas... Bon, reprenons. Vieillir, vous l'avez compris, c'est accroître ses chances de mourir. Le vieillissement engendre l'angoisse : l'apparition d'une ride, d'un cheveu blanc nous rappelle notre condition de mortel... Regardez vos parents, vos mères surtout, parce que les femmes sont socialement soumises à la tyrannie de la jeunesse... Elles achètent des crèmes pour empêcher l'apparition ou la multiplication des rides et poussent un soupir de désespoir lorsqu'elles repèrent un cheveu blanc... Ah ! Vous voyez que je parle de choses concrètes ! Tiens, je vais vous lire un très court passage de *La Mort* de... de ? Allez, c'est un livre dont nous avons déjà parlé... Oui ! Bien, mon petit Jimmy : Jankélévitch ! Je lis. Attendez que je retrouve le passage sur ma tablette... Voilà : « Comme la première dent de lait d'un enfant annonce pour tous les témoins le vaste avenir de l'adulte, ainsi le premier cheveu blanc d'un adulte annonce pour l'adulte lui-même l'avenir menaçant de la mort. » Excellent, hein ? Aussi bon écrivain que philosophe, ce bon vieux Vladimir. Je poursuis : « Et tout le monde sait également à quoi fait allusion une ride... » Alors, là, attention, c'est génial. Notez cette courte phrase sur laquelle je vais revenir : « La ride est une allusion à la mort. » Waouh... Je continue et j'y reviens : « Le muet langage des rides est, hélas !, un langage universel, et chacun le comprend sans avoir fait d'études. » Vous avez noté ? Je répète : la ride est une allusion à la mort. C'est magnifique, non ? Ttttt, vous n'y connaissez rien...

Cette phrase est parfaite, son sens étant renforcé par les allitérations en L et en R ; les L suggérant l'écoulement de la vie, les R rappelant que ce qui a débuté dans la souffrance va mal finir… Tout est dit. Le fond et la forme. Parfait. Mais la vieillesse peut se comprendre en un autre sens. Oui, Margot, c'est le deuxième tiret. Ou le deuxième astérisque. Ou la deuxième étoile… Mais non, je ne me moque pas. Enfin un petit peu, je te l'accorde… Bon, reprenons. Vieillir, c'est aussi se résigner, renoncer à ses rêves, être écrasé par les responsabilités. S'il y a bien souvent des incompréhensions, des conflits entre les générations, c'est parce que les jeunes sont idéalistes et les vieux résignés, voire aigris. On retrouve d'ailleurs ce conflit dans l'*Antigone*, non pas de Sophocle – la tragédie dont nous avons parlé à propos du légal et du légitime, mais dans sa réécriture par Anouilh. Oh non, Mariama, pitié… Non, ça ne s'écrit pas comme « nouille »… A, N, O, U, I, L, H, Anouilh, un dramaturge français du XXe siècle… Ah, quand même ! Oui, c'est une pièce souvent étudiée au collège. Vous vous souvenez du contexte ? Les frères d'Antigone, Étéocle et Polynice, se sont entretués aux portes de Thèbes. Créon, frère de Jocaste, la mère d'Antigone, et père d'Hémon, lui-même fiancé à cette dernière… Vous suivez ? Oui, je sais, ça y va avec l'inceste dans toute cette histoire, mais les relations sexuelles entre cousins ne font pas l'objet du même interdit que celles entre mère et fils, comme c'est le cas avec Jocaste et Œdipe. Nous y reviendrons dans un cours ultérieur. Bref, je reprends : au sujet des fils d'Œdipe, donc, Créon prend la décision d'honorer Étéocle et d'abandonner la dépouille de Polynice, le rebelle, sur le champ de bataille. Et alors qu'au nom de lois supérieures à celles des hommes, les lois divines, Antigone sortait de Thèbes toutes les nuits afin de recouvrir de terre le cadavre de son frère, elle finit par être arrêtée et déférée devant le nouveau tyran. Et voilà ce qu'elle répond à Créon qui, au nom de l'ordre, d'un certain réalisme, tente de la convaincre d'obéir. Je lis, hein, pas la peine de noter : « Si, je sais ce que je dis, mais c'est vous qui ne m'entendez plus. Je vous parle de trop loin maintenant, d'un royaume où vous ne pouvez plus entrer – écoutez bien, tout est là – avec vos rides, votre sagesse, votre ventre. » Je saute quelques lignes : « Vous me dégoûtez tous avec votre bonheur ! Avec votre vie qu'il faut aimer coûte que coûte. On dirait des chiens qui lèchent tout ce qu'ils trouvent. » J'avance encore un peu… « Moi, je veux tout, tout de suite, – et que ce soit entier – ou alors je refuse ! Je ne veux pas être modeste, moi, et me contenter d'un petit morceau si j'ai été bien sage. » C'est ça, le conflit des générations : l'homme mûr qui demande à l'adolescente d'être raisonnable, de se contenter de miettes de bonheur, de penser à son avenir – puisque, je vous le rappelle, elle doit épouser son fils et donc devenir reine un jour –, ce qui est tout à fait inaudible pour Antigone. Ce que dit Créon à Antigone, c'est ce que vous diraient peut-être vos parents si vous leur annonciez que vous vouliez vous lancer dans la musique, le théâtre ou je ne sais quelle autre carrière artistique. Et c'est justement parce qu'elle est encore pleine d'idéaux qu'elle parle à Créon de son ventre et de sa sagesse. À croire que c'est là, dans le bide, qu'elle vient se loger, la sagesse… Très drôle, Jibran, très drôle, mais oui, en effet, je suis très sage… Oh, ça me rappelle une phrase de Proust, Marcel Proust, un écrivain français du début du XXe siècle. Non ? Ça ne vous dit rien ? Si, quand même, enfin à certains, bon… Proust, donc, dans *À l'ombre des jeunes filles en fleur*, a écrit une chose extraordinaire, la meilleure définition de l'adolescence, notez-la : « L'adolescence est antérieure à la solidification complète. » L'adolescence est antérieure, l'adolescence… est an-té-rieure – c'est bon ? – à la solidification complète, à la so-li-di-fi-ca-tion complète. Que signifie cette phrase un peu étrange ? Non, laisse tomber, Jibran, c'était une question rhétorique, tu vas dire une connerie, même si tu sembles être sur la voie de la sagesse… Oh, ça va, je plaisante… Mais je ne te donne pas la parole pour autant, ça t'apprendra à être perfide. Alors... Vous voyez, là, pour vous, et c'est en cela que l'adolescence est une période de la vie aussi difficile que fascinante, pour vous, donc, l'avenir est à proprement parler « à venir ». Il est ouvert. Certes, vous avez des soucis, vous vous posez des questions existentielles à la con, vous êtes souvent mal dans votre peau, vous vous demandez ce que vous allez faire plus tard, etc., mais cela n'a rien à voir avec les soucis de vos parents, qui sont des soucis à la fois plus mesquins et plus emmerdants : des soucis de boulot, de factures, de remboursements de crédits, etc. Vos soucis à vous ont une tout autre dimension. Alors oui, je sais que ce n'est pas toujours très confortable, mais, bordel, pour vous, rien n'est joué : l'avenir est une promesse, tout est possible, et vous avez l'espoir de soumettre le réel à votre volonté. Profitez-en parce que ça ne va pas durer... Parce que, comme je vous l'ai déjà dit, la plupart d'entre vous allez avoir une vie... Une vie de ? Oui ! J'aime quand vous répondez tous en chœur ! Une vie de merde ! Ben oui, c'est comme ça. Regardez – non pas la vie de vos parents, je ne me permettrais pas, ha ha ! –, mais celle des parents de vos camarades... Tttttt... Restez calmes : leur vie est tristounette, sans idéal, sclérosée, so-li-di-fiée : chaque année ressemble à la précédente, tout se reproduit à l'identique, chaque mois, chaque semaine, chaque jour. La vie de l'adulte est répétitive : se rendre tous les matins au bureau, y voir les mêmes tronches et y exécuter les mêmes tâches, faire les courses tous les samedis au Carrefour, etc. Plus rien n'est possible, plus rien n'est « à venir » : c'est foutu... Et c'est parce que leur vie est cyclique, monotone, que vos parents vous disent que le temps passe vite. Pour vous, au contraire, le temps est encore un obscur enchevêtrement de routes sombres et tortueuses, et vous empruntez l'une plutôt que l'autre sans trop savoir pourquoi, sans trop savoir où vous allez ni ce qui vous attend. Pour vous, vivre est encore une aventure ! Vous avancez à tâtons et avez par conséquent l'impression que ça ne s'écoule pas, que vous être entrés au lycée il y a mille ans, que vos dix-huit ans n'arriveront jamais... Ha ha, oui, Yanis, je sais que tu es majeur depuis longtemps. Mais je n'en serais pas très fier à ta place, hein. Bon, j'ai encore digressé, reprenons et passons à la dernière façon d'envisager la vieillesse. J'anticipe la question de Margot : oui, c'est le troisième tiret. La vieillesse désigne aussi l'ultime période de la vie. Jusque-là, allez-vous me dire, c'est ce dont nous avons déjà parlé. En réalité, pas tout à fait. Je vais essayer de vous faire comprendre où je veux en venir à partir d'une nouvelle de Dino Buzzati, « Les vieux clandestins ». Buzzati, ça ne vous dit rien ? Si je vous dis

Le Désert des Tartares ? Non plus ? Eh bien, ce roman est considéré comme son chef-d'œuvre, même si, personnellement, je lui préfère *Un amour*, que vous pourriez d'ailleurs lire – enfin, si vous lisiez… – dans l'optique du cours sur le désir, car les sentiments amoureux y sont magistralement analysés. Bref, *Le Désert des Tartares* raconte l'histoire d'un jeune officier, Drogo… À peine sorti de l'école militaire, Drogo est affecté dans un fort situé aux confins du pays, dans une zone désertique d'où devraient surgir les Tartares. Rêvant de gloire, Drogo attend. Pendant des années. Et lorsqu'au bout de trente ans, les Tartares arrivent, Drogo, qui maintenant commande la place, est tellement malade qu'il est évacué. Fin de l'histoire. Ha ha ! Mais non, je vous assure que ce n'est pas parce qu'il ne se passe rien qu'on s'ennuie ! Ah là là, l'action, l'action, toujours l'action… Avengers partout, poésie nulle part… Bref, revenons-en à nos moutons, ou plutôt à nos vieux clandestins… Oui, Coralie ? Oui, Buzzati : deux Z et un seul T. Bon. Luna, s'il te plaît… Jusqu'ici, je me suis montré très patient, j'ai fait semblant de rien, mais maintenant tu sors le téléphone de ta trousse et tu le ranges… Voilà. Merci. Alors, qu'est-ce que raconte cette nouvelle ? Pour faire vite, le narrateur rend visite à l'un de ses amis, un vieux peintre japonais qui lui a demandé de le rejoindre de toute urgence. Ce peintre lui remet une paire de lunettes aussi extraordinaire qu'effrayante puisqu'elle permet de reconnaître les vrais vieux, c'est-à-dire ceux qui, même jeunes, s'apprêtent à mourir ! En chaussant ces lunettes, par exemple, l'adolescent solaire et souriant qui va bientôt mourir d'un accident de la route apparaîtra sous les traits d'un affreux vieillard, car s'il semble jeune, en réalité, il est très vieux, bien plus vieux que le sexagénaire auquel il reste vingt années à vivre. Vous comprenez ? Parfait. Je vous en lis un extrait, vous allez voir : « Un soldat de vingt ans qui part pour l'assaut où il trouvera la mort n'est jeune qu'en apparence ; en réalité, il est déjà très vieux, décrépit, détruit. Tout aussi vieux et branlant est, à son vingt-huitième jour de vie, le nouveau-né qui n'en a que pour un mois. Tout le reste est apparence illusoire. Et il est incroyable que si peu de gens y pensent. Très vieux est l'automobiliste de trente ans qui dans une heure se fracassera contre un arbre, très vieux le quinquagénaire qui demain sera foudroyé par une apoplexie, très vieux le gamin qui dans une semaine sera écrasé par un camion. Et le quadrimoteur – un avion, quoi – qui tombera dans l'océan décolle avec une cargaison de mathusalems croulants. Mais ce sont tous des vieux clandestins, invisibles, indéchiffrables, ignorants de leur sort… Des cryptovieux. Personne ne sait les reconnaître. » Oui, je vous l'accorde, c'est génial ! Vous comprenez où je voulais en venir ? Si la vieillesse est la dernière période de la vie, alors elle n'est plus une question d'âge. Si l'on excepte Yanis – ne râle pas, tu l'as bien cherché –, si l'on excepte Yanis, donc, vous avez tous plus ou moins le même âge, et pourtant certains d'entre vous sont plus vieux que d'autres, peut-être même plus vieux que moi pour la simple raison qu'ils n'en ont plus pour longtemps ! Ben oui, c'est comme ça, ce n'est pas la peine de protester. Si Victoria passe ce soir sous le bus de ramassage scolaire, elle n'est actuellement jeune qu'en apparence ! Elle est une cryptovieille, « *cryptos* », en grec, comme dans crypte, ça veut dire « caché ». Avec les lunettes de Buzzati, Victoria m'apparaîtrait sous d'horribles traits : sa peau sèche et jaunie collerait à son squelette, ses cheveux seraient gris et rares, son regard aussi immense que vide, etc. Ha ha ! Mais non, je ne suis pas horrible, Victoria : il se peut très bien que tu passes sous un bus, ce soir ! Allez, ça va, je plaisante. Quoique… Bon, vous l'avez compris : le proverbe est pertinent : « Il n'y a pas d'âge pour mourir », et si la vieillesse est bien la dernière période de la vie, alors sont vieux tous ceux qui, quel que soit leur âge, s'apprêtent à mourir. Enfin voilà, passons à la suite. Grand deux, « Approches de la mort ». Grand deux, approches, au pluriel, de la mort. Margot, tu es épuisante… C'est bien le grand deux, le point précédent était le petit trois du grand un, « Qu'est-ce que le temps ? » Et elle vérifie, en plus, non mais je rêve... Comment ça, il m'arrive de me tromper ? Mais non, je proteste, je ne me trompe jamais ! Bon, on se passe d'introduction et on attaque directement avec le petit un... Aucune objection, Margot ? Miracle ! Petit un, donc : « Les formes de la mort ». Les formes de la mort. C'est bon pour tout le monde ? Parfait. Nous allons de nouveau parler de Vladimir... Bien, Jimmy, Vladimir Jankélévitch. Jankélévitch, donc, distingue trois formes de mort. Margot, ça va, pas trop d'angoisses ? Trois formes, donc trois tirets... Ça va aller ? Ha ha ! Vous allez voir, on va aller vite, c'est très simple. Premier tiret : la mort à la troisième personne. La mort... à la troisième... personne. De quoi s'agit-il ? Eh bien de la mort dans toute sa banalité, c'est-à-dire de la mort de l'autre, de l'autre en général, la mort de ceux que l'on ne connaît pas. C'est la mort dont parlent les démographes, les historiens ou les journalistes, par exemple. Il s'agit d'une mort abstraite, anonyme, d'une mort qui ne nous touche pas, d'une mort non tragique. Vous voyez ce que je veux dire ? Par exemple, lorsque vous dînez avec vos parents devant le journal télévisé... Vous ne dînez pas avec vos parents ? Bon, eh bien imaginez que ce soit le cas : vous entendez parler d'attentats en Irak ou au Pakistan, enfin plutôt en Russie ces derniers temps, vous entendez parler de tremblements de terre ou de je ne sais quoi d'autre, et pourtant cela ne vous empêche pas de manger… Ah, je te l'accorde, Yanis : heureusement ! Et quand je dis « vous », ce n'est pas pour me distinguer. Je n'ai pas de télévision, mais quand j'écoute les nouvelles à la radio avant de partir au lycée, cela ne m'empêche pas de boire mon café. Il faut bien que les gens meurent, hein… Ça va, tout le monde comprend ? La mort à la troisième personne, c'est celle, écrivez la citation… De Jankélévitch, bien entendu, Lucie… Ouvrez les guillemets, du sujet… Non, Jibran, ça ne commence pas comme ça, vous écrivez d'abord : la mort à la troisième personne, c'est celle, la mort à la troisième personne, c'est celle… C'est bon ? Et là, vous ouvrez les guillemets pour écrire : du sujet… du sujet qui n'a pas eu de chance… pas eu de chance… et qui a été dé-si-gné… désigné… par tirage au sort… Je la relirai entièrement, Océane, ne te fais pas de souci… par tirage au sort pour crever, point, fermez les guillemets, par tirage au sort pour crever. Je relis : « du sujet qui n'a pas eu de chance et qui a été désigné par tirage au sort pour crever. » Voilà, c'est facile. Nous pourrions même dire que, loin d'être tragique, cette mort est presque réjouissante ! Ttttt… Ne vous méprenez pas… Je ne veux pas dire qu'à chaque catastrophe mortelle, on s'exclame : « Chouette, trois morts dans ce carambolage sur l'A7 ! Super, une bonne centaine dans ce crash ! » Non bien entendu, il s'agirait plutôt d'une sorte de soulagement guilleret… Attendez, je m'explique. Ce que je veux dire, c'est que lorsque l'autre meurt, moi je suis encore en vie. Je suis celui qui, pour reprendre la citation de Jankélévitch, n'a pas été tiré au sort. Vous voyez ? Non ? Je vais prendre deux exemples. Il y a quelques années, en 2004 je crois, il y a eu un crash à Charm el-Cheikh, en Égypte. Il n'y avait quasiment que des Français sur ce vol… Pardon, Fanny ? Excellent, quelle mémoire ! Attendez que je retrouve l'extrait que je viens de vous lire… Je ne suis pas très doué avec cette tablette, je remonte les pages… Ah, voilà ! Au sujet des passagers, donc des « cryptovieux » qui ne savent pas encore que le « quadrimoteur » va s'écraser, Buzzati parle d'« une cargaison de mathusalems croulants ». Bien vu, Fanny, je te félicite. Bon, je reprends mon histoire de catastrophe aérienne. Figurez-vous qu'il y a un mec qui a raté l'avion d'un rien. Il a eu beau protester, sans doute injurier le personnel, l'embarquement lui a été interdit. Vous imaginez quel a dû être son soulagement lorsqu'il a appris la catastrophe ? Personnellement, je l'ai toujours soupçonné partir d'un immense éclat de rire… Pour lui, le tirage au sort dont parlait Jankélévitch a bien fait les choses. Autre exemple, ou plutôt autre piste de réflexion. J'ai remarqué que les vieux aimaient se rendre aux enterrements de leurs anciens amis… Eh bien voilà, Océane, ton grand-père en est un parfait exemple. Certains vieux, dont le grand-père d'Océane, donc, ne ratent pas un enterrement. Eh bien, j'ai toujours pensé qu'ils devaient y aller en se disant : « Ouf, ce n'est pas moi, je suis encore là ! » Mais oui, Océane, je veux bien le croire, mais ce n'est pas parce que ton grand-père est adorable qu'il ne peut pas ressentir, sans doute en se l'interdisant, cette petite joie secrète de survivre à ses amis… Bref, n'oubliez pas que vous n'êtes pas obligés d'être d'accord avec moi, hein. Je vous fais part d'une réflexion, à vous de juger de sa pertinence. Yanis, je sais que ça va sonner… Je rêve ou tu as rangé tes affaires ? Je te prie de les ressortir. Voilà… Tu ouvres ton cahier… Voilà… Et tu peux même attraper ton stylo… Bien, mon petit Yanis, tu vois quand tu veux. Alors, avant de partir, veuillez mettre le deuxième tiret et écrire : « La mort à la seconde personne », comme ça, je saurai où reprendre, cet après-midi. C'est bon, tout le monde a noté ? Ttttttt… Yanis ? Est-ce que je vous ai dit de ranger vos affaires ? Bon, rouvre ton cahier… Très bien, je vous remercie ; vous pouvez ranger vos affaires et y aller. À tout à l'heure, jeunes gens !

2020

À LA RETRAITE, ACTE 2

– CHATON ? TU DORS ?

– Mmh, non, je somnolais. Bonjour mon ange, bien dormi ?

– Très bien, mon amour. Tu as passé la nuit sur le canapé ?

– Non, bien sûr que non, je me suis levé de bonne heure puis me suis allongé ici pour ne pas te réveiller.

– Tu es mignon.

– Comment ça va, là-dedans ?

Elle releva sa nuisette sur son ventre arrondi – un ventre un peu comme le sien, mais gonflé de vie, lui. Du bout des doigts, il caressa la fine ligne grège qui, du haut du pubis au bas du sternum, traversait son ventre pâle.

– C'est moche, hein, chouina-t-elle. L'obstétricien m'a dit que ça devrait disparaître après l'accouchement. Tu m'aimes quand même ?

– Bien sûr que je t'aime ! « Je t'aimais, je t'aime et je t'aimerai, et quoi que tu fasses, l'amour est partout où tu regardes… »

– Arrête de te moquer, fit-elle avec un air faussement renfrogné. Et puis ton accent du Sud-Ouest est vraiment tout pourri !

– Allez, laisse-moi embrasser ce petit serpent…

– Arrête, c'est horrible, les serpents !

– Mais non, ce n'est pas horrible. Depuis cette histoire de péché originel, le serpent a mauvaise presse, je te l'accorde, mais, lui expliqua-t-il en parsemant son ventre de petits baisers, pour les Anciens, le serpent avait une fonction protectrice. Dans la mythologie grecque archaïque, il était chargé de veiller sur l'œuf du monde d'où a surgi le cosmos. Alors voilà, c'est ça : ton ventre est l'œuf de la vie, et il est bien protégé. Oh !

– Tu as senti ?

– Merde alors, c'est la première fois.

Il avait aussitôt reposé sa main sur son ventre, dans l'attente d'une nouvelle secousse, émerveillé.

– On saura vendredi si c'est un garçon ou une fille. Tu m'accompagneras à l'échographie ?

– Évidemment !

– Julien pour un garçon ?

– Comme Sorel ?

– Voilà.

– Tu veux qu'il finisse décapité ?

– Arrête, c'est joli Julien. Et Mathilde pour une fille.

– Il n'y a pas que Stendhal dans la vie, il y a Nietzsche aussi. Alors je t'oppose, tiens, Zarathoustra. Arrête de rire, il serait le seul de sa classe. Imagine la grosse voix du prof de maths : « Môôôssieu Zaraaarathoustra Mittelmâââann ? » Ça déchire, non ?

Elle éclata de rire et passa ses bras autour de son cou.

– Et pour les filles, grand nigaud, qu'est-ce qu'il proposerait ton Nietzsche ?

– Ah… Dans ses bouquins, il n'y a pas beaucoup de femmes… Il était trop misogyne.

– Comme toi.

– Ttttt. Ah, mais il y a les prénoms des femmes qu'il a aimées : Cosima et Lou-Andreas.

– Lou tout court, c'est pas mal, j'avoue. Allez, je file à la salle de bains, je vais être en retard.

– Tu ne commences pas à 15 h ?

– Ah pardon, je ne t'ai pas dit : je vais chez mes parents avant d'aller au lycée. Cette première rentrée me stresse et ça ne va pas s'arranger avec ce déjeuner : ça commence à me taper sur les nerfs qu'ils soient là, en mode autruche, à faire genre tu n'existes pas. J'adore mes parents, mais là, c'est juste pas possible. Je veux que nous fêtions mes trente ans tous ensemble.

– Ne te fâche pas, leur réaction est compréhensible, ils ont besoin de temps.

– Ça me saoule, fit-elle, boudeuse. Ils s'entêtent, c'est nul. Ils te kifferaient, en plus, j'en suis certaine.

– Ils ne me kifferont jamais, comme tu dis, mais ne t'inquiète pas : les choses s'apaiseront d'elles-mêmes après la naissance du petit, tu verras.

– J'espère… Tes parents à toi auraient été ravis, non ?

– Le problème est un peu différent, mais… Oui, je suppose que oui.

– C'est ouf ce qui leur est arrivé…

– Si « ouf » que c'en est presque drôle.

– Ne dis pas ça, chaton…

– C'était mes parents, alors ça ne me fait pas rire… Mais quand même… C'était la première fois qu'ils quittaient la France et prenaient l'avion. Ils avaient quoi, en 2016… aux alentours de quatre-vingts ans, ils allaient enfin réaliser le rêve de leur vie, faire une putain de croisière sur le Nil, et bam !, l'avion s'écrase… C'est dingue. Si encore il s'était écrasé au retour, mais non, il a fallu que ce soit à l'aller ! Ah, tu vois, tu ris !

– Tu es affreux, c'est ta façon de raconter ça qui me fait rire. C'est horrible. Allez, il est tard, je vais me doucher. Oh, mais tu as préparé le petit-déjeuner !

– C'est l'avantage d'avoir un retraité pour amant : je vais pouvoir te chouchouter. Et le bébé échappera aux crèches et aux nounous.

Il était en hiver, elle au printemps : c'était un fait. Deux fois son âge, et même plus vieux que ses parents, alors, oui, il les comprenait, ces braves gens. Ils étaient d'ailleurs sans doute moins dérangés par l'écart d'âge que par le qu'en-dira-t-on, prégnant dans ces banlieues résidentielles où le respect des conventions dispensait de la peine d'avoir à penser par soi-même. À Paris, les choses n'étaient cependant pas forcément plus évidentes. Avec leurs entourages respectifs, tout se passait bien : elle l'accompagnait en librairie, chez ses amis, notamment chez Géraldine et Marc, qui lui savaient gré de lui avoir redonné goût à la vie ; et lorsque, à son tour, il la rejoignait, entourée de ses copains, aucun d'eux ne lui avait manifesté la moindre animosité. Dans l'espace public, c'était plus compliqué. Tant qu'ils flânaient côte à côte, personne ne leur prêtait attention : on les prenait pour un père et sa fille. Mais dès qu'elle lui tenait la main ou, pire, l'embrassait, il n'était pas rare que les sourcils se lèvent, que les regards se figent et les bouches se tordent. Probablement passait-il pour un vieux dégueulasse ou un barbon millionnaire ; et elle pour une petite grue, voire une mercenaire du sexe. Craignant qu'elle ne supportât pas ces réactions, il avait suggéré qu'ils s'abstiennent de ces marques de tendresse, ce qui l'avait fâchée : elle l'aimait, était fière de se promener à son bras et se fichait bien de ce que les autres pouvaient raconter.

Car, elle avait du caractère, même si elle avait discrètement cédé à la mode du tatouage, cet art de se singulariser en faisant comme tout le monde. Grâce à son doctorat et son agrégation – certes obtenue à la troisième tentative, mais en se classant deuxième –, elle pouvait espérer décrocher un jour un poste de maître de conférences à l'université. Du moins le lui souhaitait-il, vu l'état de délabrement de l'enseignement secondaire.

En sortant de l'institution le jour où elle y entrait, il se disait avoir eu la chance d'en connaître les dernières heures de gloire au début de sa carrière. Alors que le taux de réussite au bac frisait les 95 %, il se demandait parfois ce que pouvait désormais penser ce journaliste du *Monde* qui, à l'été 1988, quand lui-même se réjouissait de la réussite massive de ses élèves à l'examen, s'était fendu d'un article cinglant dans lequel il affirmait qu'en atteignant pour la première fois 70 % de réussite, le bachot était désormais bradé. Dès la fin des années 1980, les réformes successives avaient peu à peu mis fin à la formation intellectuelle des élèves. Loin de l'ancien et nécessaire rite de passage, le baccalauréat n'était plus qu'un simulacre d'examen, à l'instar du brevet des collèges. Mittelmann s'était longtemps interrogé sur l'intérêt d'envoyer au casse-pipe des jeunes qui, habitués à réussir sans travailler, ni même sans la moindre assiduité, n'avaient pas le niveau requis pour l'enseignement supérieur, jusqu'à ce qu'il lût la déclaration d'un responsable politique qui, sous couvert d'anonymat, arguait qu'un étudiant coûtait moins cher qu'un chômeur, d'autant que, entrant tard sur le marché du travail, il cotiserait moins pour sa retraite. Dans l'Éducation nationale, réformer voulait dire économiser. Ce cynisme expliquait la déchéance d'un système éducatif où des jeunes plus qu'à moitié illettrés, que l'on ne pouvait ni contraindre à redoubler, ni sanctionner pour leur absentéisme ou leurs comportements déplacés, estimaient que la réussite était un droit.

Il évitait cependant de s'ouvrir de tout cela à Justine : il ne voulait pas la démotiver, et surtout, il était assez lucide pour admettre que chaque époque avait ses vieux bougons persuadés que « c'était mieux avant » (il se souvenait avoir lu cette complainte chez Cicéron, c'est dire !), et qu'elle-même, d'ici une trentaine d'années, prendrait sa retraite en étant certaine d'avoir connu l'âge d'or de l'Éducation nationale.

Il était en train d'étaler de la confiture de figue quand elle sortit en peignoir de la salle de bains et l'enlaça.

– Quand est-ce qu'ont lieu les funérailles de Marc, déjà ?

– Après-demain, dans son bled près de La Rochelle. Avec ces histoires de Covid-19, je ne sais même pas si je pourrai m'y rendre… Bordel. Obèse comme il était, il aurait dû rester enfermé chez lui, ne pas traîner les terrasses. Son gros bide l'a tué et je me retrouve sans éditeur, sans ami, sans personne avec qui me livrer à tous les excès. Je l'aimais, mon vieux pacha.

– Tu as reçu des réponses pour ton manuscrit ?

– Trois. Négatives. Avec une lettre standard, de surcroît. Bordel, il me fout dans la merde, le Marco.

Tandis qu'il sirotait sombrement son café en silence, elle mangeait ses biscottes avec des bruits de succion, qui parvenaient malgré tout à le faire sourire.

– Cette rentrée m'inquiète un peu, tu sais… J'espère que ça va bien se passer avec cette histoire de coronavirus.

– Ça va aller, mon ange. Dis-toi qu'avec le congé maternité, tu ne devras aller au lycée que jusqu'à la mi-novembre et n'y retourner qu'à la mi-mars. D'ici-là, le problème sera sûrement réglé.

– Tu as raison… Mais il ne faut pas que je chope cette saloperie d'ici mon départ.

– Ça ira.

– Et dire que nous allons donner naissance à un enfant qui devra vivre dans ce monde… Ce n'est pas un cadeau.

– Il grandira dans un monde qui ne va pas très bien, c'est vrai, mais le monde ne va jamais très bien, tu sais. Bien sûr, il y a cette épidémie, mais c'est de la gnognotte au regard des précédentes. Sans remonter à la peste noire qui a tué près de la moitié de la population européenne, on a eu, depuis le début du xxe siècle, la grippe espagnole, la grippe asiatique, la grippe de Hong Kong, le SRAS, le SIDA…

– Pourquoi tout ce cirque, alors ?

– Peut-être la conséquence de notre hygiénisme. Il y a une injonction à nous nourrir correctement, à manger bio, sans conservateurs, pas trop salé, pas trop sucré, à faire du sport, etc. La santé est devenue sacrée, un ersatz du sentiment religieux. L'État nous recommande cinq fruits et légumes par jour, taxe le tabac, les alcools, les sodas, interdit de fumer dans les lieux publics. Dorénavant, la mort est un scandale. On a l'impression qu'il faut être irresponsable pour mourir avant d'entrer en EHPAD… Figure-toi que j'ai connu un temps où il fallait fendre un nuage de fumée pour s'installer à la table d'un bar ou d'un restaurant. Un monde où Lucky Luke avait toujours un clope au bec. À ce rythme, Obélix sera bientôt végan et le village gaulois fêtera sa victoire sur ces enfoirés de Romains par un festin de brocolis, de carottes et de navets ! Tu ris, mais bon, voilà… L'État a pris en charge notre bien-être. La vie n'a plus de prix : même les raisons de vivre, de rire, de s'engueuler, de se promener et de lire, d'aller au musée ou au théâtre lui ont été sacrifiées. Il faut vivre, « quoi qu'il en coûte ». Même mal. Mais attention, hein, je ne me dédouane pas : je vapote, je ne bois presque plus et je fais nos courses chez Naturalia. On vit dans la peur.

– Mais d'où ça vient, tout ça ?

– Je ne sais pas. Peut-être du fait que l'homme a voulu se rendre « maître et possesseur de la nature… »

– Descartes !

– Eh oui, le père de la modernité. Bref, maintenant que sa maîtrise est presque totale, l'homme redoute le retour de bâton d'une nature devenue vengeresse et appréhende les conséquences de son hybris. Tout le monde est effrayé à la perspective d'une catastrophe écologique. Ce n'est pas un hasard si on assiste à une multiplication de romans, séries et films post-apocalyptiques qui font la part belle aux zombies – donc à la mort qui rôde, répugnante, sinistre, brutale, prête à se jeter sur nous.

– Tu as peut-être raison, chaton. Mais ça m'inquiète quand même : j'ai vu sur Facebook et Twitter qu'il devrait y avoir une deuxième vague cet automne, peut-être même une troisième au début de l'année prochaine.

– Tu devrais te méfier des réseaux sociaux où les complotistes et les gilets-jaunistes s'en donnent à cœur joie. Ces canaux permettent à ces dingues autrefois réduits au silence de s'exprimer. C'est grâce à eux que les populistes de tout poil, les Trump, Bolsonaro, et autres Modi ou Orbán, ont tant de succès. Et leur montée en puissance est une lame de fond bien plus redoutable que ce virus.

– Bon, assez parlé de ça, ça me déprime. J'y vais.

En réalité, l'état de la société ne l'intéressait pas et il se fichait pas mal de cette épidémie. Maintenant que Marc avait été emporté et qu'il n'avait plus de souci à se faire pour lui, il espérait même qu'elle reparte de plus belle afin d'être à nouveau confiné avec Justine. Car, si bien des couples s'étaient séparés à la suite du confinement, le leur en était sorti consolidé au point qu'ils en avaient vécu la fin comme Adam et Ève avaient dû souffrir de leur renvoi du jardin d'Éden.

– Ça va, cette robe, pour le premier jour ? Pas trop courte ?

– Parfaite.

Elle le trouvait beau. L'aimait. L'admirait. Allait lui donner un enfant. Il n'aurait échangé sa situation contre rien au monde, pas même un Goncourt. Parfois, son âge le chiffonnait un peu. Même si l'espérance de vie atteignait soixante-dix-neuf ans pour les hommes, rien ne l'assurait qu'il y parvînt. Tout le monde n'a pas la longévité d'un sénateur ou d'un académicien. Sans doute ferait-il bientôt de son enfant un orphelin. Peut-être pas plus mal : les enfants souffraient sans doute davantage d'avoir un père que de ne pas en avoir. « Il n'y a de bon père que mort » avait écrit Sollers dans *Les Folies françaises.* Il espérait surtout mourir avant qu'elle ne le quitte, ce qu'elle finirait à coup sûr par faire : ces trente années qui les séparaient condamnaient leur couple. Paradoxalement, sa sérénité lui venait du caractère nécessairement éphémère de leur relation. Avec Perrine, et dans une moindre mesure avec Carolyn, il s'était mis en couple en se persuadant que cela serait pour toujours. Cette fois, pas de toujours : si jusqu'ici tout se passait bien, jamais une jeune femme aussi belle ne pourrait se tenir éternellement à son bras. Elle le disait merveilleux amant, mais il ne tarderait plus à utiliser du viagra. Et d'ici une dizaine d'années, il puerait l'EHPAD. Que se passerait-il alors, s'il n'avait la chance de mourir d'ici là ? Elle prendrait de jeunes amants avant de le quitter. Et après le bonheur, le chagrin. Alors en attendant, il profitait de sa chance.

– J'y vais, chaton.

Il l'accompagna sur le pas de la porte. Elle l'embrassa en attendant l'ascenseur et le regarda avec tendresse. Combien de temps encore avant que percent dans ses yeux les premiers indices du dégoût ?

– Justine ?

– Oui ?

– Je t'aime.

– Moi aussi, chaton. À ce soir.

– Oui, à ce soir. Et bonne rentrée des classes.

CHEZ LE MÊME ÉDITEUR

NICOLAS CAVAILLÈS

vie de monsieur Leguat

PRIX GONCOURT DE LA NOUVELLE 2014

France, XVIIe siècle. La révocation de l'Édit de Nantes pousse certains à l'exil, tel François Leguat (1638-1735), huguenot forcé de quitter ses terres à l'âge de cinquante ans. Le destin de cet homme croise dès lors des contrées opposées et éloignées : Hollande, Mascareignes, île Maurice, Indes néerlandaises, Angleterre…

Tour à tour gentilhomme des plaines de Bresse, aventurier de l'océan Indien et patriarche des bas-fonds de Londres, Leguat passera de l'Éden originel à la cité de l'Apocalypse.

Nicolas Cavaillès s'empare littérairement de la vie de ce personnage singulier, y entremêlant quête spirituelle, découverte d'un monde inexploré et violence de l'être humain.

Usant de l'écriture classique d'autrefois, mais lui donnant une respiration moderne, Nicolas Cavaillès a réussi à confectionner une sorte de galet dur et brillant, poli par le ressac des mers, la violence des hommes et l'étreinte de la religion. Nicolas Cavaillès n'emploie que des mots justes, forts et utiles.

BERNARD PIVOT, *LE JOURNAL DU DIMANCHE*

Vie de monsieur Leguat *est un enchantement. Traducteur du roumain, grand connaisseur de Cioran et auteur de plusieurs essais de critique littéraire, Nicolas Cavaillès ne dépare pas dans le noble registre de l'humour désespéré.*

MARIANNE PAYOT, *L'EXPRESS*

Ce n'est pas seulement un bijou de littérature que Nicolas Cavaillès nous offre par la beauté de son écriture riche et poétique, mais aussi un voyage en profondeur à travers des interrogations qui toucheront d'autant plus le lecteur insulaire.

TATIANA RIVET, *WEEK-END*

CHEZ LE MÊME ÉDITEUR

LAURINE ROUX

l'autre moitié du monde

PRIX ORANGE DU LIVRE 2022
PRIX DES LIBRAIRIES FOLIES D'ENCRE 2022
PRIX DE LA LIBRAIRIE COIFFARD 2022

Espagne, années 1930. Des paysans s'éreintent dans les rizières du delta de l'Èbre pour le compte de l'impitoyable Marquise. Parmi eux grandit Toya, gamine ensauvagée qui connaît les parages comme sa poche. Mais le pays gronde, partout la lutte pour l'émancipation sociale fait rage. Jusqu'à gagner ce bout de terre que la Guerre civile s'apprête à faire basculer.

De son écriture habitée par la sensualité de la nature, Laurine Roux nous conte, dans L'Autre Moitié du monde, *l'épopée d'une adolescente, d'un pays, d'une époque où l'espoir fou croise les désenchantements les plus féroces. Une histoire d'amour, de haine et de mort.*

À travers L'Autre Moitié du monde, *son troisième roman, Laurine Roux dessine le magnifique portrait d'une jeune fille cruellement bousculée par la vie et qui devient une femme libre, malgré tout. Sensuelle, la langue de l'autrice ancre chacun des êtres dans leur vie physique et dans la nature qui les environne : les corps, comme la terre et l'eau du delta, sont présents à chaque page. Une plume aussi habile pour saisir les frémissements intimes que les soubresauts des luttes sociales.* STÉPHANIE DUPAYS, *LE MONDE*

Donner la vedette à de modestes individus pour incarner une épopée collective et historique : Laurine Roux s'y emploie avec brio dans ce troisième roman à la fois solaire et sanglant, qui met en lumière les prémices de la Guerre civile espagnole. Après Une immense sensation de calme, *puis le très réussi* Sanctuaire, *elle confirme son talent de conteuse. De sa plume pétrie de sensualité et de poésie, elle signe là un roman à deux temps, qui dit la solidarité des plus miséreux, l'espoir chevillé au corps.*

DELPHINE PERAS, *L'EXPRESS*

CHEZ LE MÊME ÉDITEUR

SANDRINE BERTHET

jetés aux ténèbres

Septembre 1872 : la Danaé *accoste en Nouvelle-Calédonie. À son bord, des communards envoyés expier de l'autre côté de la Terre leur désir d'une société plus juste. L'un de ces déportés, Étienne Delandre, nous fait le récit de leur lutte pour s'acclimater à ce bout d'ailleurs et pour surmonter dans cette prison à ciel ouvert, au milieu d'une nature saisissante et brutale, l'exil, le dénuement et l'oubli.*

En butte à une administration pénitentiaire intraitable, confronté à une piètre société coloniale sans pitié pour les Canaques, Delandre n'a de cesse d'espérer une amnistie – et un retour en France.

Des barricades parisiennes aux terres rouges et âpres de l'archipel calédonien, Jetés aux ténèbres *redonne vie aux acteurs de la Commune – épisode majeur de notre histoire –, à leurs engagements et à leurs espoirs insensés.*

La reconstitution historique est d'une grande fidélité, tant sur le plan matériel que sur le plan idéologique : le roman se tient loin de tout cliché comme de tout effet, et retranscrit au plus près les doutes des uns face à la promesse d'une grâce et la volonté des autres de poursuivre le combat jusqu'à l'attente d'une amnistie. Loin de la caricature du révolutionnaire sanguinaire, on se tient auprès des Communards comme auprès de frères et d'amis épris d'un idéal de justice sociale pour lequel leur temps n'était pas prêt, et l'on partage leur solitude confinée comme ensuite leur espoir, à leur retour, d'une vie nouvelle.

ÉLODIE PINEL, *ÉTUDES*

Superbe titre ! C'est un livre magnifique, magnifiquement écrit avec ce qu'il faut de force, de détermination et de rage pour qu'on ne le lâche pas de la première à la dernière page. Bravo de l'avoir publié et bravo à l'auteure de l'avoir écrit. Sur tout ce qui a paru pour célébrer la Commune, c'est à coup sûr le plus original, celui qui nous fait voir et entendre la déportation, l'exil, aussi fort que les tirs des pelotons d'exécution de la Semaine sanglante.

GÉRARD MORDILLAT

Achevé d'imprimer en juin 2023,
sur les presses de Corlet imprimeur,
14110 Condé-en-Normandie.
Numéro d'imprimeur : 23060102

Cet ouvrage est imprimé, pour la couverture,
sur du Munken Polar Rough 300 g
et, pour l'intérieur, sur papier bouffant Ensoclassic 90 g,
certifié PEFC sous le n° 10/31-1510 et Imprim'Vert®.